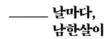

날마다,
남한살이

날마다, —— 남한살이

82년생 평양 여자의
우당탕 서울살이

—— 한서희

싱긋

말이 통하니

어떻게든 적응해서 살겠지 생각했습니다.

자유를 찾아 목숨 걸고 도망쳤는데

말투가 이상하다며 경계하고

북한에서 온 사람은 어쩐지 무섭다며 경계하고

북한 사람들은 못 배웠을 거라고 무시하는 시선에

상처를 받기도 했습니다.

분단 80년이라는 세월은

많은 것을 바꾸어놓았습니다.

하지만 남한살이는 따뜻하기도 했습니다.

지인들이 안 쓰는 세탁기, 냉장고로

임대주택을 채워준 자원봉사자 분들,

일자리를 찾아주고 하나씩 차근차근 가르쳐준 분들,

아무것도 몰라 모든 것이 두려운 나에게

잘할 수 있다고 격려해주신 분들,
엉뚱한 것을 물어도 친절하게 대답해주신 분들,
방송에서 생생한 북한 이야기를 할 수 있게
멍석 깔아주신 분들 …….
모두 정말 고맙습니다.
사랑하는 가족들과 함께 남한살이하는 날들이
가끔은 아직도 꿈만 같습니다.

아직도 '북한' 하면
핵, 김정은, 가난한 나라 …….
이렇게만 떠올리시나요?
그래서 저는 여전히
북한을 바로 알리고 싶고
통일을 생각하고,
통일 그 이후를 고민하며 살아갑니다.
서로에 대해 바로 아는 것에서부터
소통이 시작된다고 믿으니까요.

서울 마포구에서
한서희

한국에 왔을 때, "북한에서 왔어요" 하면, 대부분 나를 **'탈북자'**라고 불렀다. 사실 정식 명칭은 '북한이탈주민'인데, 보통 한국인들은 우리를 탈북민이나 새터민이라고 많이들 불렀다. 엄밀히 보자면, 탈북자는 북한을 탈출해서 한국에 들어오지 못한 사람을 말한다. 게다가 '탈脫'은 탈영병처럼 주로 부정적 용어로 사용되는 경우가 많다. 혼자일 때는 그냥 감안하고 지냈으나, 아이들이 나고 자라면서 호칭에 대해 신경이 많이 쓰였다. 실향민이라는 용어도 있으니, 북한에 고향을 둔 사람들이라는 의미로 **'북향민'**이라고 부르는 게 더 낫지 않을까? 이 책에도 모나기 싫어 결국 한국에서 가장 흔하게 사용하는 탈북민이라고 썼지만 말이다.

차례

"왜 이렇게 피를 많이 뽑습니까?"

'드디어 올 것이 왔네. 처음에 너무 잘해줘서 안심했는데 북한에서 교육받은 대로 진짜 여기는 피를 뽑아서 파는 게 분명해.'

우리 가족은 몽골을 거쳐 한국으로 왔다. 거기서 만난 언니들이 남조선의 국정원이라는 곳에 들어가면 죄수복을 입고 고무신을 신고, 남산 지하실에서 간첩인지 아닌지 취조를 받는다고 했다. 취조를 받아야 한다면 지은 죄가 없어도 죄지은 것처럼 공포가 생긴다. 거기다 국정원이 북한의 보위부와 비슷하다면 보위부처럼 고문도 하고, 손톱 밑에 대바늘을 꽂고, 때리기도 한다는 것인가? 그래서 한국에 도착하자마자 잔뜩 겁을 먹었더랬다. 모든 것이 다 의심스러웠다. 피를 뽑아도, 직원들이 나한테 잘해주어도 일단 경계하게 되었다. 알고 보니 피를 뽑는 것은 혈액으로 여러 가지 검사를 하기 때문이라고 했다. 실제로 자신이 병에 걸린 줄도 몰랐던 탈북민이 국정원에서 심각한 병을 발견해 치료받은 뒤 나간 경우도 보았다.

며칠 지내보니 국정원은 소문으로 들었던 것과는 완전히 다른 세상이었다. 피를 많이 뽑는다고 의심의 날을 세웠던 것이 미안할 정도였다. 처음 국정원에 도착했을 때 "대한민국에 오신 것을 환영합니다"라는 따뜻한 말을 듣는 순간 나도 모르게 눈물이 왈칵 쏟아졌던 게 사실이다. 애국가를 처음 듣고 배운 곳도 국정원이다. 국정원에 왜 그렇게 탈북민이 많은지, 이전부터 아는 사람과도 마주치곤 했다. 그리고 화장품, 속옷, 양말, 신발, 생리대까지 모든 생필품을 제공해주어 놀랐다.

국정원의 독방(북한말로 독감방)에 들어가서 직원들의 질문에 대답하고, 여러 가지 검사를 받기도 했다. 그때 나는 어렸고, 탈북한 지 얼마 지나지 않았기에 기억이 많이 남아 있는 편이어서 질문에 답하는 건 그리 힘들지 않았다. 독방은 위압적인 느낌보다는 조용하게 기억을 떠올릴 수 있는 아늑한 분위기였다. 침대도 있고, 책상도 있는 작은 방이었다. 거기다 국정원 직원들이 나보다 더 북한에 대해 많이 아는 것 같아 놀랐고, 그래서 아예 거짓말이라는 것을 할 수가 없었다. 북한의 지역, 지명을 이야기하면 위성 지도를 보여주며 정확한 위치를 짚어 냈다. 많은 탈북민의 정보를 수집했기에 아는 것인지 정말 정보력이 대단하다고 생각했다.

아빠, 엄마의 경우 연세가 많아 아무래도 기억하는 내용이 적었다. 친척들에 대한 기본 정보를 묻자 아빠는 "아니 처제 생일까지 어떻게 기억합네까?" 하고 버럭 화를 냈다고 한다. 그뒤로 국정원 직원들이 가장 무서워하는 사람이 우리 아빠였다고. 아마 아빠도 긴 탈북 과정을 거치면서 많이 예민해지셨던 것 같다. 나는 평소 화장실에 자주 가는 편인데 낯선 공간에서 긴장이 되었는지 더 자주 화장실에 가고 싶어졌다. 화장실 간다고 문을 열어달라고 하면 직원은 귀찮은 내색 한번 없이 항상 똑같이 친절하게 문을 열어주었다.

국정원의 식당에서는 끼니마다 고기나 생선이 나오는 것도 정말 신기했다. 먹고 싶은 대로 듬뿍 담아 맛있게 먹었다. 북한에서 소고기는 자주 먹을 수도 없었을뿐 더러 너무 질겨 잘 씹히지도 않았는데, 여기 소고기는 내가 아는 소고기가 맞는지 의심하며 먹을 정도였다. 입에서 살살 녹았다.

한국에서 처음 간 곳이 국정원이었기에, 남한 사람들의 이미지가 국정원 직원들과 비슷한 모습일 것이라고 생각했다. 준수한 외모에 예의바르고 친절하고 성격도 좋고 말이다. 국정원에서 빨리 사회로 나가고 싶었지만, 한편으로 밖에 나가는 것이 두렵고 무섭기도 했다. 그만큼 대우를 잘 받았던 곳이다. 북한을 떠나며 내디딘 한 걸음 한 걸음이 삶과 죽음의 경계에 섰기에, 오랜 긴장 끝에 느낀 안도의 기분이 아직도 생생하다.

아프리카 사자고추

한국에서 보내는 첫 겨울, 엄마와 함께 마트에 갔다. 마트에는 초록색 야채들이 종류별로 있었다. 어떻게 겨울에 이런 것들이 시장에 나오지? 처음에는 야채들이 꼭 모형 같아서 진짜인지, 먹는 게 맞는지 한번 만져보기도 했을 정도다. 마트에는 우리가 태어나서 처음 보는 과일과 야채들이 수북했다. 북한에서는 딸기, 오이나 풋고추는 여름에만 먹을 수 있다. 한국에서는 한겨울에도 싱싱한 과일, 야채를 먹을 수 있다는 것이 너무 신기했다. 북한에서도 겨울에 야채를 먹을 수는 있지만, 여름에 텃밭에 심었던 것을 따서 소금에 절여두고 겨울에 먹는 식이다. 어릴 때 엄마가 무를 식초와 소금에 절여서 봄까지 먹고는 했다.

엄마와 나는 마트를 구경하다가 빨갛고 노랗고 주먹

만 하면서 울퉁불퉁하게 생긴 것이 뭔지 궁금해서 점원에게 물었다. "저게 뭐예요?" 하니 "파프리카"라고 했다. 우리는 '아프리카'라고 들었다. 점원에게 어떻게 먹는 거냐고 다시 물어보았다. 점원은 "썰어서 샐러드로 해 먹거나, 믹서기에 갈아서 주스로, 잘게 썰어 볶음밥에 넣거나 그냥 먹어도 좋다"고 했다. 자세히 보니 북한에서 사자고추라고 부르는 파프리카였다. 시장에 가면 중국에서 수입한 빨갛고 노란 사자고추를 팔았다. 명절이나 돼야 사서 먹던, 북한의 돌잔치나 결혼식 같은 때 풍성한 상차림을 위해 상에 올려놓던 그 사자고추! 파프리카를 사서 먹어봤는데 아삭하고 달콤했다. 여러 음식에 넣어봤더니 다 잘 어울렸다. 그런데 나는 지금도 파프리카와 피망이 헷갈린다. 아무리 봐도 잘 모르겠다.

애호박, 가지를 비닐에 일일이 포장한 것도 신기했다. 엄마와 나는 마트에 가서 구경하느라 시간 가는 줄을 몰랐다. 보이는 모든 것들이 그저 새로웠다. 요리를 좋아하는 엄마는 마트에 한번 들어가면 집에 가기 싫어할 정도로 마트를 좋아했고 지금도 좋아하신다. 마트 구경과 쇼핑, 요리는 엄마 인생의 큰 즐거움이자 행복이다.

한번은 이것저것 궁금해서 다 카트에 담았더니 계산

할 때 돈이 엄청 많이 나와서 깜짝 놀란 적도 있다. 아, 그리고 나를 포함한 탈북민들이 마트에서 또 신기하게 생각하는 것이 바로 '무료 시식'이다. 이것저것 시식을 하다가 배가 부를 지경이다. 북한에서는 어떻게 하면 오늘 한 끼를 굶지 않을 수 있을까를 고민하는데, 가깝지만 정말 다른 세상이다.

집단체조 하는 자동차

한국에는 집집마다 자동차가 있다. 심지어 어떤 집에는 차가 두세 대 있기도 하다. 자전거 말고 자동차 말이다. 북한 주민들은 이 말을 믿지 못할 것이다. 내가 한국에서 정착할 수 있게 도와주신 분도 차가 두 대 있다고 해서 처음에는 일부러 과시하나 여길 만큼 거짓말인 줄 알았다. 나중에 보니 진짜 두 대가 있었다. 명절에 도로에 차가 꽉 막혀서 고생한다는 말도 처음에는 믿지 못했다. 그 많은 자동차가 어디에 숨어 있다가 나온단 말인가! 북한처럼 직급이 높거나 부자들만 면허증을 따는 줄 알았는데 한국에서는 나이 기준을 충족하고, 시험만 통과하면 누구나 면허증을 발급받을 수 있었다.

나는 북한에서 가장 큰 도시인 평양에서 살아봤음에도 불구하고 한국에 와서 그 많은 신호등에 그 많은 차들이 신호에 맞춰 섰다가 동시에 움직이는 것을 넋을 잃고 바라보았다. 마치 자동차 집단체조를 보는 것 같았다. 위에서 보면 멋있고, 내가 신호등에 맞춰 서거나 출발하면 아주 뿌듯했다. 신호등을 볼 줄 안다고 마구마구 자랑하고 싶었다.

북한에도 신호등은 있지만 한국처럼 많지는 않다. 전기를 아끼느라 신호등보다는 사람이 수신호를 한다. 키가 160㎝ 이상인 여성들이 교통보안원으로 선발되어 일한다. 평양의 대로조차도 교통보안원에 의한 수신호가 많다. 물론 차가 많지 않아서 가능한 부분이다. 그런데 이걸 사람이 하다보니 '빽'을 쓰는 것이 보인다. 교통보안원들이 개인적으로 아는 차나 간부들이 운행하는 차는 먼저 보내준다. 다른 길이 막혀도 일단 막고 아는 차를 먼저 보낸다. 한국에서는 상상할 수 없는 일. 한국에서는 권력이나 부와 관계없이 공평하고 엄격하게 모두들 교통 신호를 지킨다. 지금은 적응해서 아무렇지 않게 느껴지지만, 한국에 온 지 일 년이 넘도록 놀라운 부분이었다.

탈북민 지인의 아버지는 면허를 발급받은 지 얼마 되지 않았을 때 신호를 착각하고 유턴을 했다. 교통경찰이 불법 유턴을 했다며 면허증을 요구하자, 아버지는 담배 한 갑을 살짝 꺼내주었다. 교통경찰이 어이없어하자 아버지는 한 갑으로는 부족한가 싶어 한 갑을 더 꺼내주려고 했단다. 북한에서 하던 습관일 텐데, 한국 경찰의 응대는 전혀 달랐다. 한국은 뇌물을 주는 사람도 가중처벌 된다고 했다. 받은 사람은 당연히 처벌받는다 쳐도 주는 사람도 같이 처벌받는다니! 친구가 뒷자리에서 경찰을 향해 "우리는 탈북자라 한국에 온 지 얼마 되지 않았고, 면허증도 며칠 전에 따서 모르고 그랬다"라고 사정했다. 경찰이 그제야 이해를 했지만 그렇다고 봐줄 수는 없다며 벌금 딱지를 끊었다고 했다.

나도 남한살이 초반, 초보운전을 하던 시절에 교통경찰에게 경고를 받은 적이 있다. 전국을 누비며 안보 강사로 활동하려면 자동차가 필수였다. 북한에서 몰래 남한 드라마를 볼 때부터 갖고 싶었던, 나의 로망 '빨간 차'를 사서 음악을 크게 들으며 신나게 달리던 중 무슨 소리가 들려 뒤를 보니 경찰차가 따라오는 것이 아닌가! 내가 경찰차 사이렌소리를 듣지 못하자 경찰이 확성기로 멈추라고 말하며 내 차를 따라온 상황이었다. 그때부터 심장이 두근거리고 잡혀갈 것만 같은 기분이 들어서 벌

벌 떨며 차를 세웠다. 당시 신호를 위반했던 것 같다. 경찰은 내 신분증을 조회해보고, 북한 말투를 듣고는 그렇게 운전하면 안 된다며 한참 설명을 해주셨다. 그뒤로는 조심, 또 조심하며 운전을 하고 있다.

초보운전 시절에는 "아줌마, 운전 똑바로 해요!" 이런 말도 종종 듣기도 했고, 뉴스에서만 보던 보복 운전을 당한 적도 있지만 기죽지 않고 전투적으로 운전을 계속했다. 운전이 재밌기도 했지만, 일을 하기 위한 필수 선택이기도 했다. 3년이면 자동차 주행 거리가 10만km를 넘을 정도로 운전을 많이 하는 편이고, 또 운전이라면 웬만한 한국 사람들보다도 잘한다고 자부한다. 요즘 운전하면서 가장 신경쓰는 곳은 어린이 보호구역이다. 교통경찰에게 단단히 훈계를 들은 이후로는 10년 넘게 불법주차나 속도위반 범칙금을 낸 적이 없었는데 딱 한 번 어린이 보호구역을 지나다가 카메라에 찍힌 적이 있다. 익숙한 우리 동네는 능숙하게 속도 제한을 신경쓰지만 처음 가는 지역에서 두리번거리며 길을 찾다가 '아차'하는 순간 제한 속도를 넘긴 것이다. 그래서 요즘은 어딜 가든 어린이 보호구역 안에서는 더 긴장한 상태로 운전한다. 말 그대로 어린이들을 보호하는 구역이니 더 신경을 써야 하는 게 맞다. 이런 세심한 남한의 교통 체계를 보니 북한 생각이 난다. 북한은 '차' 중심이고, 한국은 '보행자' 중심이다.

신호가 바뀌어도 누군가 천천히 걸어가는 사람이 있으면 출발하지 않고 기다리는 모습도 북한에서는 보기 드물뿐더러 요즘에 봐도 그저 신기하고 감동적이다. 북한에서 듣던 한국 사회의 모습은 이렇지 않았는데 말이다. 차가 이렇게나 많고 그 많은 차가 신호를 지키며 나 또한 여기에 속해 있다는 사실이 무척 뿌듯하다. 탈북민 중에선 이런 기분으로 운전을 즐기는 분들이 많다.

부모님도 일찌감치 면허증 따기에 도전하셨다. 아빠가 먼저 면허증을 받으셨고, 다음은 엄마가 도전하셨다. 항상 새로운 것에 도전하는 부모님을 보면 나도 자극을 받는다. 북한에선 자전거도 잘 탈 줄 모르셨던 엄마가 한국에 와서 운전면허증을 따보겠다고 했을 때도 솔직히 적잖이 놀랐다. 듣자 하니 아빠가 엄마를 설득해 면허증 따기에 도전하는 것이라고 했다. 아빠는 사람이 뭐든 할 줄 알아야 한다, 배워두면 쓸모가 있다고 늘 얘기하시는 편이다. 지나고 보면 다 맞는 말씀이긴 하다. 도로에 차가 이렇게 많은데 엄마가 서울에서 운전을 할 수 있을까? 사고라도 나면 어떡하지? 자식으로서 이런 걱정이 앞섰던 것도 사실이지만 한편으로 응원하는 마음도 있었다. 부모님도 한국에서 자유롭게 사는 즐거움을 누리셔야 마땅했다! 필기시험은 우리가 워낙 북한에서 이것저것 많이 외워봐서 그런지 기출 문제집을 몇 번 보니 할 만했다. 문제는 실기였다.

처음에는 아빠가 엄마 옆에 앉아서 운전을 가르쳐주셨다. 한국의 드라마에서 흔히 보던 장면처럼 마구 호통을 치면서 말이다. 그때 엄마는 이렇게 욕먹으면서까지 운전을 배워야 하나 하고 때려치우고 싶은 적도 있었다고 한다. 돈 아깝다는 생각을 버리고 다시 제대로 면허학원에 등록해서 자상한 학원 선생님한테 배우면서 운전에 대한 감을 익히셨다.

"북한은 도로에 흙먼지 뒤집어쓰고 다니는데 여기는 도로가 얼마나 멋진지 그대로 쭉 달려서 평양까지 가보고 싶더란 말이야. 차 몰고 북한 가면 사람들이 얼마나 놀랄까, 빨리 통일이 되면 좋겠다고 생각하면서 운전을 배웠지."

시험 당일, 우황청심환을 먹고 가신 엄마는 끝내 '합격' 두 글자를 받아오셨다. 그뒤로 엄마가 운전을 계속

하셨는지 궁금할 것이다. 엄마가 면허증을 받고 난 뒤에 도 옆자리에 앉은 아빠의 잔소리는 그치질 않았고, 앞차 를 들이받는 사고까지 겪은 이후 엄마는 결국 운전대를 내려놓으셨다.

첫 교통사고

나의 로망이던 빨간 차를 산 지 얼마 지나지 않았을 때의 일이다. 어느 날은 아끼는 차의 뒷창문 와이퍼에 초록색 테이프가 붙어 있었다. 나는 덜컥 겁이 났다. 북한에서 드디어 나를 찾아내서 차에 무슨 표시를 해둔 것이 아닌가, 그러면서 테이프 자국이 남으면 어떡하나 하는 온갖 생각이 다 들었다. 알고 보니 세차장에서 와이퍼를 고정하느라 붙여놓은 테이프였다. 그렇게 차를 내 몸보다도 애지중지 아끼던 시기였는데, 퇴근길에 그만 인생 첫 교통사고가 났다. 신호가 바뀌어서 출발했는데 다른 차가 소중한 빨간 차를 받아버린 것이었다. 내 몸이 아픈 건 둘째 치고 차가 심하게 찌그러져서 너무 마음이 아팠다.

'나의 로망 빨간 차를, 새로 산 지 얼마 안 됐는데……'

정말 너무 억울하고 속상했다. 우리 때문에 도로가 엉망이 돼서 차를 갓길로 옮기기로 했다. 그래서 차를 옮겼는데 상대방은 나보고 도망가려고 했다며 뺑소니라는 거다. 나는 신호 위반을 하지 않았고, 억울한 마음뿐인데 문제는 상대방 운전자가 내 잘못으로 이야기를 하는 것이었다. 안타깝게도 빨간 차에 블랙박스도 없었다. '초보운전'이라고 써서 붙인 종이만 안쓰럽게 붙어 있었다.

"저는 제 차선을 따라서 운전했는데 아저씨가 3차선에서 갑자기 1차선으로 넘어오셨잖아요. 차에 부딪힌 자국만 봐도 알 수 있는데 왜 저한테 뭐라고 하세요? 경찰 부를까요?"

"아니, 경찰은 무슨……."

"그럼, 보험회사 부를까요?"

"아니, 보험회사도 안 불러도 되고 사고 접수하게 전화번호나 알려줘요. 몸은 괜찮아요?"

"네, 아프지는 않아요."

그렇게 전화번호만 교환하고 헤어졌다. 첫 교통사고여서 너무 경황이 없었던 거다.

문제는 다음 날.

온몸이 너무 아팠다. 교통사고는 며칠 후에 증세가 나타난다고 하더니 정말 그랬다. 입원해서 치료를 받았는데 상대측 보험회사에서는 나를 꾀병 환자 취급하며 빨리 퇴원하고 합의하라고 다그쳤다. 나도 성격이 급하고 누구한테 싫은 소리 듣는 것을 좋아하지 않아서 적은 금액을 받고 빨리 합의를 해주고 끝냈다. 그뒤로 오랫동안 병원과 한의원을 오가며 내 돈으로 치료를 받았다는 씁쓸한 이야기. 그런 일을 겪은 뒤에는 탈북 후배들에게 사고가 나면 아무리 정신이 없어도 경찰과 보험회사에 연락하고, 다 나을 때까지 치료를 받으라고 얘기해주었다. 교통사고 얘기를 하니 지인의 경험담도 떠오른다. 후배의 과실로 앞차와 살짝 부딪혔는데 북한에서 하던 대로 상대방에게 손바닥을 비비며 연신 "죄송합니다, 죄송합니다" 하고 싹싹 빌었더니 보험 처리하면 되고, 다친 곳도 딱히 없는데 뭘 그렇게 비느냐며 상대방이 오히려 '이러지 마시라고' 말리며 부담스러워했다는 일화도 있다.

한참 후엔 운전을 사고 없이 잘하고 다니다가 내 잘못으로 다른 차를 살짝 박은 적이 있었다. 죄송하다고 사과하며 경찰을 부르려고 하는데 상대방 운전자는 괜찮다며, 어차피 폐차할 차라며 사고 접수도 하지 않고 쿨하게 현장을 떠나셨다.

　북한은 교통사고가 나면 가볍게 다쳤을 때는 다친 사람이 알아서 병원에 가서 치료를 받아야 한다. 북한은 치료비는 따로 들지 않는다. 만약 가해자가 병원까지 태워다주면 다친 사람이 자기를 다치게 한 운전자에게 오히려 고맙다고 인사를 할 정도다. 북한에서 자동차를 운전하고 다닌다는 것은 거의 간부급 정도 된다는 뜻인데, 그냥 가버려도 무방한데 승용차로 나를 병원까지 태워다줬다는 사실에 고마워하는 것이다. 북한에서는 대한민국이 '썩고 병든 자본주의 국가'라고 가르치지만 교통사고에 대처하는 것만 봐도 한국은 사람을 가장 중요하게 여긴다는 것을 알 수 있다. 한국에 와서 면허증을 따고, 운전을 하고 다니면서 가장 놀랐던 점도 바로 그 부분이었다. 교통 시설이나 교통에 관한 법이 대부분 보행자를 보호하는 방향으로, 보행자를 최우선으로 생각하며 운전자들에게 조심하라고 주의를 준다는 점이었다. 자동차가 우선이고, 간부들이 최우선이며, 신호를 어겨도 뇌물을 주면 그냥 넘어가는 북한과는 달라도 너무 다르다.

여담이지만 운전을 하기 전에는 한국의 드라마에서 본 것처럼 교통사고가 나면 전부 기억상실증에 걸리거나 온몸에 붕대를 감는 게 아닌가 하고 교통사고가 날까봐 걱정한 적이 있었다. 드라마는 어디까지나 드라마일 뿐. 아무튼 교통사고는 너무 무섭다. 첫째도 조심, 둘째도 조심할 일이다.

"

피앙한서희TV

"

때는 2020년 12월 31일 유튜브라는 곳에 내 채널 〈피앙
한서희TV〉를 만들었다. 소위 말하는 '유튜버'가 되었다.
만약 코로나19 바이러스가 그렇게 퍼지지 않았더라면
유튜브를 아예 안 했을지도 모르겠다. 주변 탈북 지인들
이 하나둘 유튜브를 시작한 2019년 무렵. 영상을 찍어서
올리기만 해도 돈을 번다고 했다. 그 말을 처음에는 안
믿었다. 그 조그만 화면 안에서 떠든다고 누가 무슨 돈을
주느냐며, 그리고 돈을 또 어떻게 받느냐며 천하의 유튜
브를 믿지 못했다. 답답해하던 지인은 급기야 수익이 찍
힌 통장을 우리들의 눈앞에 펼쳐 보여주었다. 입이 떡 벌
어졌다. 진짜구나……

처음에는 내가 유튜브를 즐겨 보지 않아서 잘 모르
기도 했고, 유튜브를 시작해보라는 권유도 받았지만 무

엇보다도 용기가 없었다. 무슨 내용을 찍어서 올리며, 누가 봐주기나 할까 싶은 마음이 컸다. 당시만 해도 나는 끝까지 유튜브를 안 할 줄 알았다. 그런데 사람 일이라는 게 참 한 치 앞을 모른다. 10년 넘게 전국을 누비고 다니며 안보 강사로 활동했는데 눈에 보이지 않는 그 조그만 바이러스라는 것 때문에 온 나라가, 아니 온 세계가 멈춰버렸다. 모든 강연이 취소되고 나중에는 줌 같은 온라인 강연으로 대체되었다. 줌으로 안보 강의를 진행한 적도 있는데 소리가 들리네, 안 들리네, 화면이 꺼졌네…….. 우왕좌왕 어수선해서 내용 전달도 어렵고 수강생들의 집중도도 너무 떨어졌다. 안보 강연은 단순한 지식 전달 강연이 아니라 감정적인 교류도 이루어지는 강연이기에 더욱 온라인 교육의 한계가 느껴졌다. 일이 줄었다고 해서 성격상 가만히 넋 놓고 지낼 수만은 없었다. 땅을 파든 뭐라도 해야 했다. 그렇게 코로나19 시기에 유튜브라는 것에 관심을 갖기 시작했다.

우선 채널 이름을 지어야 했다. 한서희라는 이름은 워낙 동명이인이 많아서 다른 수식어가 필요했다. 탈북민이라는 정체성을 담기 위해 평양이라는 글자를 넣을까 했더니 너무 딱딱하고 재미없었다. 평양을 보통 북한 사투리로 '피양'이라고 발음하는데, 피양이라고 하니 뭔가 어색했다. 연예인 뉴스에서 흔히 보는 'A양, P양'같이 보이기도 하고……. 여러 후보를 놓고 고심한 끝에 선배 유튜버 언니의 조언으로 '피양한서희TV'라는 채널 이름을 만들고 유튜브라는 새로운 세계에 발을 들여놓게 되었다. 다행히 채널 이름에 대한 반응이 나쁘지 않았다.

알려졌듯이 나는 평양 인민보안성협주단에서 성악가로 활동했다. 공연 때마다 북한TV에 소개되는 협주단에서 활동했다보니 무대나 카메라가 친숙한 편이다. 한국에서도 〈이제 만나러 갑니다〉를 비롯해 여러 TV 프로그램에 출연하면서 일반인 겸 방송인으로 지내왔다. 나름 10년 넘게 방송활동을 하면서 산전수전을 다 겪었다고 생각했다. 처음 생방송 출연 제안을 받고 엄청 긴장했었는데 예상보다는 떨지 않고 담담하게 출연했던 경험, 어느 생방송에서는 앵커가 대본에 없던 갑작스러운 질문을 던져서 진땀뺐던 기억도 새록새록 떠오르면서 앞으로는 무슨 방송이든 다 할 수 있을 것 같은 맘에 자신만만하지 않았던가! 북한 선수단이 참여하고 북한 응원단이 방문해 세계적으로 주목받았던 평창 동계올림픽 때는 특히 더 바빴다. 나도 북한 협주단, 응원단으로 활동한 경력이 있다보니 한국은 물론 일본 NHK, 미국 CNN에서도 인터뷰 요청이 왔다. '내가 이럴 자격이 있나? 내가 이래도 되나?' 싶을 정도로 생방송 인터뷰는 물론 밤샘 녹화를 하기도 했다.

그 정도로 수많은 방송 경험을 쌓아왔지만 유튜브는 또 달랐다. 전문가에게 맡기자니 다 돈이고, 혼자 시작해보려니 막막했다. 망망대해에서 홀로 고민하고 있으니 아이가 옆에서 영상 편집하는 앱이 있으니 한번 해보란다. 앱을 설치하고, 영상을 찍어서 자막을 넣어보니 제법 그럴듯했다. 스마트폰 하나로 유튜브를 할 수 있다니 용기가 났다. 그렇게 아이가 알려준 무료 영상 편집 앱을 설치하고 영상을 찍어서 폰으로 직접 편집해서 첫 영상을 올렸다. 두둥…….

"어머, 구독자 한 명 늘었어!"

"어머어머, 댓글 달렸어!"

첫 영상을 올린 뒤 며칠간은 정말 한 명 한 명의 구독자와 댓글이 너무나도 소중해서 한참 들여다봤다.

유튜브 수익이 발생하려면 기본적으로 구독자가 많고, 조회수가 늘어나야 한다. 그런데 그것보다도 우선 정해진 기간 안에 정해진 분량 이상의 영상을 꾸준히 올리는 것도 중요했다. 덜컥 첫 영상을 올리고 나니 브레이크 없는 기차가 출발한 것처럼 계속 다음 영상, 다음 영상……. 쉴 틈 없이 새로운 영상을 올려야 했다.

영상에서 무슨 이야기를 할지 적어보기도 하면서 나름 재미있게 채널을 꾸려나갔다. 이미 TV 프로그램에 출연해서 했던 이야기도 있지만 TV에서는 내 이야기만 무한정 길게 풀어내기 어려우니 그런 주제들을 다시 하나씩 뽑아서 영상을 만들어나갔다. 영상의 시간이 너무 길어도, 너무 짧아도 안 되니 적당히 사람들이 집중해서 볼 정도의 양으로 나름 분량을 조절해가며 방송을 기획하고 편집도 하는 일은 힘들면서도 재미있었다. 유튜브에서 풀어내고 싶은 이야기들은 크게 세 가지였다. 우리 가족이 한국에 처음 와서 정착하기까지, 그리고 내가 보고 겪은 한국의 모습들, 그리고 북한이 처한 현실에 대해 더 많은 이들에게 진실을 알리고 싶었다.

다른 영상들을 찾아보기도 하고, 안보 강사로 활동하던 노하우를 살려 강의하듯이 주제 하나를 정하고 그 영상에서 다룰 이야기들을 정리하면서 영상을 찍었다. 평소 요리 영상을 즐겨 보는데 하나같이 말을 잘하셔서 나도 강의 경력도 많으니 술술 말을 잘할 수 있을 줄 알

앗다. 그래서 처음에는 대강 흐름만 정해놓고 촬영하다가 직접 해보니 혼자 말하는 게 은근히 힘들어서 나중에는 먼저 대본을 썼다. 대본을 보며 몇 번 연습한 다음에 찍기 시작하니 점차 10분 이내 영상 촬영에 익숙해졌다. 어떤 이야기를 다룰지 정하는 것도 보통 일이 아니었다. 했던 얘기를 재탕할 수도 없으니 라디오를 듣거나 TV를 보다가, 책이나 잡지를 보다가 아이디어가 떠오르면 바로 하던 일을 멈추고 메모를 하면서 한동안은 온통 유튜브에 신경을 쏟으면서 생활했다. 말 그대로 유튜브에 미쳐서 지내야 매주 세 편씩 꾸준히 영상을 올릴 수가 있었다.

나만 출연하는 영상은 편집 시간이 그리 오래 걸리지 않아서 할 만했다.

그런데 유튜브 촬영 경험이 없는 다른 분들과 함께 촬영하거나 특히 엄마와 함께 영상을 찍는 날에는 편집 시간이 꽤 걸렸다. 신나게 얘기를 하다보면 이야기가 계속 옆길로 빠지기 일쑤여서 30~40분짜리 영상을 잘라내고 붙이며 10분 내외의 영상물로 만들고, 자막은 어떻게 넣을지, 동영상의 표지와도 같은 썸네일을 어떻게 만들지 고민하느라 작업이 오래 걸린 것이다. 반면 먼저 유튜브 채널을 만든 탈북민 지인들은 너무 베테랑이라 할말을 딱 하고, 끊을 때 말을 끊어줘서 편집이 그렇게 힘들지는 않았다. 그러던 어느 날 눈이 침침해서 안과에 갔더니 눈이 확 나빠져 있었다. 원래 시력이 엄청 좋아서 누구보다도 눈 건강은 자신 있었는데 노안이 빨리 왔다는 거다. 편집하느라 조그만 스마트폰을 계속 들여다본 결과였다. 유튜브와 맞바꾼 내 눈…… 그 이후부터는 폰이 아닌 컴퓨터로 영상 편집을 하기 시작했다.

초반의 영상들을 보면 쥐구멍을 찾게 된다. 세련되고 화려한 영상들이 넘쳐나는 유튜브라는 세계에서 내가 올린 영상들은 자막에 오타도 있고, 출연자들도 화려하거나 능숙함과는 거리가 멀다보니 부끄러울 때도 있다. 어떨 때는 편집에 오류가 나서 이모티콘이 이마에 붙어 있고, 소리가 났다가 안 났다가…… 엉망진창일 때도 있었다. 초보 유튜버 시절의 나는 현실과 타협하기도 하면서 스스로 즐기면서 채널을 운영해나가는 쪽을 선택했고, 어느 정도 수익이 난 이후에는 전문가의 도움을 받기도 했다. 그 덕분에 지금까지 300개가 넘는 영상을 올릴 수 있었다.

초반에 편집적인 면에서 뛰어나지 않음에도 불구하

고 감사하게도 많은 분들이 구독해주셨다. 나는 먼저 유튜브를 시작한 지인들의 도움을 정말 많이 받았다. 품앗이하듯 우리는 서로의 채널에 출연했다. 이미 구독자를 확보한 지인들의 채널에 출연해서 '피앙한서희TV' 채널을 알리면 구독자가 훅 늘어나 있었다. 그리고 〈이제 만나러 갑니다〉 프로그램 때부터 줄곧 나를 응원해주시던 팬들 덕분에 구독자가 제법 늘어났다. 영상의 내용에 공감해주시고, 힘내라고 응원해주시는 댓글을 보면 정말 감사하고 가슴이 뭉클했다. 내가 딱히 특별한 뭔가를 한 것도 아닌데 칭찬해주시고, 인정해주시는 댓글들을 보면서 새삼 대한민국에 따뜻한 사람들이 많다는 것을 가슴 깊이 느끼고, 자신감과 함께 큰 용기를 얻었다. 직설적인 북한의 언어와 너무나 비교되게 같은 말이라도 예쁘게 표현하는 분들을 보며 감탄했다. 유튜브를 시작하기 잘했다는 생각도 하면서 말이다.

물론 좋은 댓글만 있었던 것은 아니다. 악플이 왜 없었겠는가. 아침마다 눈을 뜨면 두근거리는 마음으로 영상의 조회수와 댓글을 하나하나 확인했다. 내가 댓글들을 보면서 일희일비하고 있던 어느 날 초등학교 저학년인 둘째딸 아이가 옆에서 조언을 해주었다.

"엄마, 요즘은 악플도 다 지우지 않고 놔두고 하트 눌러주는 게 유행이래요. 그만큼 자기 마음이 넓다는 걸 보여주는 거니까."

"어머 정말?"

하지만 나는 그렇게 쿨하지 못한 성격이라서 그런지 초등학생도 아는 그것을 실천하기가 정말 어려웠다. 이제야 얘기하지만 악플들은 누가 볼세라 재빨리 지우기도 했다. 유튜브 채널을 만든 초반에는 일희일비하는 것이 흔한 일상이었다.

그동안 올렸던 영상들을 찬찬히 돌아보니 엄마나 오빠, 아빠가 출연한 영상들이 제일 인기가 많았다. 아무래도 구독자들이 일차적으로 탈북 스토리에 관심이 많고, 우리 가족들을 궁금해하셔서 그런 것 같다. 그리고 조회수를 살펴보면 남남북녀 이야기, 한국에 정착해 살아가는 젊은 탈북민들의 일상생활 이야기, 특히 탈북민들의 결혼생활에 큰 관심을 가져주셨다. 반면 마음이 아파서 엉엉 울면서 촬영했던, 북한의 실상을 알리는 그런 진지한 내용은 기대와 달리 의외로 조회수가 낮아서 의아하기도 했다. 그리고 너무 정치적이거나 종교, 미신 등에 대한 주제는 호불호가 강하고 예민한 내용이어서 점차 다루지 않게 되었다. 한국의 어두운 면에 대해서도 다루자면 서울역이나 남대문 쪽에서 수많은 노숙자를 처음 봤을 때 충격받은 경험을 비롯해서 다룰 이야기가 많았지만 구독자들이 이런 이야기를 좋아할까 생각해보면 그렇지 않을 것 같아 제외하기도 했다. 우리가 엄청 많이 웃으면서 재밌게 찍은 영상도 반응이 별로일 때는 당황스럽기도 했다. 구독자들의 마음을 어찌 다 알겠는가. 그렇게 울고 웃으며 유튜버로 살아가는 동안 어찌 보면 돈 주고도 살 수 없는 경험들을 차곡차곡 쌓아나갈 수 있었다.

지금도 가끔 탈북민 지인들이 유튜브를 해보고 싶다며 나에게 조언을 구할 때가 있다. 나는 말을 잘하는 것은 기본이고, 수익 없이 1년 정도 꾸준히 성실하게 직접 영상을 편집해서 올릴 수 있는지, 영상의 주제에 대한 아이디어를 끊임없이 발굴해낼 수 있는지를 고민해보라고 말한다. 꾸준함과 열정, 그 두 가지가 정말 중요하다.

유튜버 4년차에 접어든 요즘 잠시 영상 올리는 일을 쉬어가는 중이다. 대신 가끔 있는 그대로의 일상을 브이로그로 찍어 올리거나 라이브 방송을 하면서 여전히 나를 응원해주시는 구독자 여러분들과 소통은 이어간다.

방송으로 치자면 시즌 1이 끝나고 잠시 쉬는 셈인데, 언제가 말하고 싶은 것이 더 많이 생기고, 내가 재미있게 유튜브에 집중할 수 있는 시간이 생기면 다시 새로운 콘텐츠로 시즌 2를 시작해보고 싶다. 소심한 성격이라서 그런지 행동으로 바로 옮기기는 여전히 어렵고, 고민만 깊다. 지금 이 책을 보시는 분들 중에 아직 피앙한서희 채널을 못 보신 분들이 있다면 구독, 좋아요, 알림 설정을 부탁드린다.

첫 알바,
보이스피싱 아니지 말입니다

탈북민들은 의무적으로 하나원이라는 곳에서 몇 달간 사회 적응 교육을 받아야 한다. 하나원을 퇴소하면 임대 주택에서 본격적인 남한살이를 시작한다. 말 그대로 정 착하기 위해 첫발을 내딛는 것이다. 한국 드라마에서 자 주 보았던 으리으리한 집은 당연히 아니었지만 임대주 택은 차가운 물, 뜨거운 물이 콸콸 나오고, 평양과 달리 24시간 전기가 들어오는 소중하고 아늑한 공간이었다. 정전에 대비해서 초를 미리 사놓을 필요도 없고, 드라마 보다가 정전되어 TV가 꺼져 열 받을 일도 없었다. 그렇 게 서울 강서구의 어느 임대주택에 첫 보금자리를 마련 했다.

감사하게도 집 걱정은 덜었지만 이 자본주의 사회에 서 내가 살아남을 수 있을지, 무엇을 해서 돈을 벌어야 할지 막막했다. 지금 같은 스마트폰이 나오기 전이어서 벼룩시장이라는 신문에 일자리가 많이 나와 있다고 해서 한참 들여다보기도 했다. 아르바이트라도 구하려면 제일 먼저 여기저기 전화를 걸어봐야 하니 휴대폰이 당장 필요했다. 탈북민들이 정착하도록 도와주시는 자원봉사자님과 함께 바로 집 근처에 있는 S* 휴대폰 대리점으로 갔다. 휴대폰 개통을 기다리는 동안 대리점 사장님과 이런저런 이야기를 나누었다. 주민등록증을 보면 한국 사람인데 말투가 특이하다며 조선족이냐고 물으셨다.

"아닙니다, 저 평양에서 왔습니다."

"평양이요?"

때는 2007년, 새파랗게 젊은 20대 여자가 탈북했다고 하니 사장님도 놀라셨다.

당시만 해도 〈이제 만나러 갑니다〉 같은 탈북민이 출연하는 TV 프로그램이 거의 없었고, 젊은 탈북민을 일반인들이 직접 만나기 쉽지 않을 때였다.

"일자리는 나라에서 구해줘요?"

"아닙니다, 지금 일자리 구하려고 전화기 개통하러 왔습니다."

마침 사장님도 아르바이트할 사람을 구하는 중이라며, 대리점에서 일해보겠냐고 하셨다. 정말 가게 입구에 사람을 구한다고 적혀 있었다.

"네? 여기에서 말입니까? 전 아무것도 모르는데 괜찮습니까?"

여기저기 전화를 돌리거나 면접을 보는 별다른 노력 없이 일자리를 찾았다는 생각에 기쁘면서도 한편으로는 평생 노래만 불렀던 내가, 한국에 대해서, 휴대폰에 대해서는 더더욱 정말 아무것도 모르는 내가 어떻게 일을 할 수 있을지 두려웠다. 하지만 찬밥 더운밥 가릴 처지가 아니고, 집이 가게와 가깝고, 사장님도 좋은 분인 것 같아서 덜컥 해보겠다고 했다. 사장님은 내가 똘똘하고 정직해 보인다며 차근차근 일을 가르쳐주셨다.

당시 내 일과는 낮에 대리점에서 일하고, 저녁에는 컴퓨터 학원에 가서 자격증 공부를 하는 것이었다. 소중한 일자리를 구하기는 했지만 출근해보니 당장 첫날부터 문제가 생겼다. 내가 서비스업에 대한 인식 자체가 없고, 한국 사회가 아직 낯설다보니 대리점의 문을 열고 들어오는 손님이 그냥 무서웠다. 사냥꾼에게 쫓기는 동물마냥 긴장한 상태였다. 아직도 기억난다. 첫 손님이 들어

왔을 때 나도 모르게 놀라서 휴대폰 진열장 아래로 숨어버렸다. 사장님은 어이없어하시고, 나는 나대로 부끄러워서 얼굴이 빨개졌다.

다음 손님이 들어왔을 때는 용기 내서 배운 대로 큰목소리로 인사를 했다.

"안녕하십니까, 어서 오십시오!"

나름 서울말을 쓴다고 썼는데 듣는 사람들은 단번에 알아차릴 북한말 억양이었다. 그 손님은 들어오다가 말고 다시 나가서 "여기 대리점 맞죠?" 하며 간판을 확인한 다음 다시 들어오셨다.

휴대폰 대리점인 만큼 진열장 유리를 깨끗하게 유지해야 했다. 청소는 자신 있었다. 사장님에게 배운 대로 신문지를 구겨서 유리를 엄청 깨끗하게 닦았다. 종일 청소만 하고 싶었다. 하지만 그럴 수 없다는 게 문제였다. 학생마냥 손님에게 인사하는 법부터 차근차근 배우고, 매일 노트에 적어가며 휴대폰의 종류와 요금제에 대해 배우고 외웠다. 스마트폰이 나오기 전, 2G폰을 쓰던 시대였다. 아직도 기억나는 삼삼요금제…… 외우는 것은 자신 있었다. 북한에서는 정기적으로 전 국민들에게 당 정책 같은 것을 외우라고 시켜서 어릴 때부터 외우는 것이라면 아주 단련이 되어 있었다. 하지만 단순히 외우는 것과 술술 말로 꺼내는 것은 전혀 차원이 다른 문제였다.

그리고 평양 사투리도 걸림돌이었다. 당시만 해도 요금을 납부하지 않은 고객에게 가끔 전화를 걸어야 했다. 내가 몇 마디 하면 보이스피싱인 줄 알고 다짜고짜 나한테 욕하는 고객들이 많았다. 그때 보이스피싱이라는 것을 처음 알았다. 연변 사투리가 보이스피싱의 상징이라는 것도. 하필 당시 TV에서 보이스피싱에 대한 뉴스가 쏟아지고 있었다. 아무 잘못도 없이 한바탕 욕을 먹고 나면 심장이 막 두근거렸다. 무서웠다. 뭔가 대책이 필요했다. 한국에서 무슨 일을 하고 살든 평양 말투부터 고쳐야겠구나 싶었다.

여기저기 찾아보니 젓가락을 입에 물고 발음 연습을 하거나 TV에 나오는 아나운서의 말을 따라 해보라고 나왔다. 정착과 적응을 위해 정말 이 악물고 연습을 했다. 언어는 기본 중의 기본이니 말이다. 그런데 실제로 제일 나한테 도움이 됐던 건 따로 있었다. 바로 라디오였다.

"어머! 저 여성처럼 해봐야겠다!"

어느 날 라디오를 듣다가 무릎을 탁! 쳤다. 목소리가 너무 좋은 여성이 또박또박 그리고 우아하게 말하는 것을 듣고 나도 모르게 반해버렸다. 라디오 DJ가 말하는 것을 똑같이 따라 하기를 며칠이 지났을까, 나도 모르게 서서히 서울말에 익숙해져갔다. 말을 배울 때는 자신감을 갖고 눈치보지 말고 기운차게 떠들어야 한다. 당시에 열심히 서울말을 연습한 결과 나는 요즘 안보 강사로 활동하고, 서울말을 쓰며 방송 출연도 하고 있다. 한때 사람이 많이 모인 곳에서 북한 사투리로 말하면 그렇게 부끄럽고 창피할 수가 없었다. 튀는 말투 때문에 시선이 집중되기도 했고 말이다. 지금도 여전히 가족들과 대화할 때면 구수한 평양 말투가 자연스럽게 나온다. 지금은 부끄럽지는 않다. 그것은 그것대로 의미가 있다고 생각한다. 내가 태어나서 처음 배운 말이고, 20년 넘게 써온 말이니까. 지금도 어디선가 보이스피싱이 아니냐고 억울하게 욕을 먹는 탈북민이 있다면, 누구든 서울말을 배우고 싶다면 라디오를 들으며 '생존 한국어'를 연습해보라고 얘기하고 싶다.

나의 '남한 첫 알바'는 내가 새로운 직장을 구하면서 자연스럽게 막을 내렸다. 4~5개월 일했던 것 같은데, 지금 생각하면 내 사정을 딱하게 여기고 한국 사회를 배울 겸 일할 기회를 주신 그 사장님이 정말 고맙다. 모든 것을 두려워하는 내게 할 수 있다고, 잘하고 있다고 응원해주신 은인이다. 대리점생활이 익숙해질 무렵, 이제 내게는 정식으로 출퇴근하는 직장이 필요했다. 자원봉사자 이모님들(친해진 뒤로는 이모님이라고 불렀다)의 추천으로 어느 동장님이 소개해주신 회사로 이력서를 들고 면접을 보러 갔다. 그때 들은 질문이 아직도 생생하다.

"한서희 씨, 한글 쓸 줄 알아요?"

농담이었는지는 모르겠지만 그 말을 들은 나는 너무 자존심이 상하고 속상했다. 안타깝게도 탈북민에 대한 인식이 그 정도였다. 지나고 보니 온실과도 같았던 휴대폰 대리점을 나오니 새로운 정글이 눈앞에 펼쳐졌다. 상한 마음을 꾹 눌러두고 북한에서 대학도 나왔고, 컴퓨터 자격증도 있다는 것 등을 어필한 덕분인지 바로 출근하라고 하셨다. 비서 겸 이런저런 일을 하며 1년 정도 다녔는데, 북한 사람은 좀 무섭다며 대놓고 경계하던 사람들, 일을 할수록 어째 편견과 오해는 더 깊어지기만 하고……. 사람들 때문에 마음고생을 좀 하다가 결국 그만두어야 했다. 발 벗고 나서서 일자리를 찾게 도와주신 자원봉사자 이모님들, 동장님, '평양댁'이라고 불리며 다녔던 회사……. 뒤돌아보면 다 감사한 남한살이의 첫 추억이다.

“
토끼풀과 개구리알
”

남자는 맛있는 것을 사주겠다며 근처 맛집으로 향했다.
지인의 소개팅으로 만난 자리였다. 발걸음이 아주 당당
했다! 드라마로 한국 사회를 배운 나는 나도 모르게 젊
은 남녀가 데이트하는 장면에서 주로 나오는 레스토랑
같은 곳을 떠올리고 있었다. 두근두근…… 그런데 남자
가 안내한 곳은 갓 지은 밥냄새가 구수한 어느 비빔밥집
이었다. 물론 그날 밥을 맛있게 먹긴 했다.

한국에 와서 이해되지 않았던 것 중에 하나가 바로
그런 것들이었다. 식당에서 된장찌개나 김치찌개를 '사
서' 먹는다는 점. 된장과 김치는 북한에서도 평범한 가
정에 없어서는 안 될 아주 중요한 식재료다. 1년 내내 먹
어야 하기 때문이다. 다시 말하면 먹을 것이 없어서 질리
도록 먹었다는 얘기다. 배가 고파 어쩔 수 없이 먹었던

음식들은 또 있다. 보리밥, 시래기가 대표적이다. 그런 메뉴를 식당에서 일부러 돈 내고 또 사 먹는다는 점이 처음에는 이상했다. 있는 사람이 더하다더니 일부러 검소하게 먹나보다 싶었다.

쌈밥은 또 어떤가. 사람들이 풀때기에 밥을 싸서 맛있다고 먹는데 왜 굳이 토끼 먹이로 내어줄 법한 잎사귀들을 일부러, 돈을 내고 먹는지 처음에는 도무지 이해가 되지 않았다. 어릴 때 집집마다 질리도록 길러 먹던 콩나물도 한국에서는 아귀찜 같은 요리에서 중요한 역할을 맡고 있었다. 식당에서 처음 콩나물 요리를 봤을 때 느낀 당혹감이란!

그런데 맛집으로 불리는 식당에서 김치찌개와 된장찌개를 직접 먹어본 뒤로는 그런 생각이 쏙 들어갔다. 감자 몇 조각 들어간 멀건 북한의 된장국과는 달리 소고기가 들어간 된장찌개는 정말 맛있었다. 김치찌개에는 또 큼직한 돼지고기가 듬뿍 들어 있었다. 요리 이름은 같아도 한국의 먹거리는 차원이 달랐다. 그런데 아무리 그래도 민들레 잎이나 토끼 먹으라고 줄 법한 풀때기는 입에 너무 써서 먹기가 힘들었다. 요즘은 건강을 생각해서 일부러 먹기는 하지만 말이다. 탈북한 친구 중에 한 명은

데이트할 때 식당에 가서 개구리알을 보고 깜짝 놀랐단다. 북한에서는 개구리알을 말려서 먹는데 서울 사람들은 개구리알을 날것으로 먹나보다 하고 충격을 받았는데 알고 보니 그 음식은 철갑상어 알인 캐비어였다고.

서울에 와서 코스요리라는 것을 처음 먹어봤는데 음식이 새 모이만큼 나오고, 다 먹으면 또 조금 주고, 다 먹으면 또 나왔다. 부모님은 무슨 음식을 자존심 상하게 코딱지만큼 주고 또 준다고 좋아하지 않으셨다. 한 상 차려놓고 먹는 밥상에 익숙한데 무슨 햄버거도 마카롱만한 것이 나와서 놀랐던 적도 있다. 먹은 것 같지가 않은데 나올 때쯤에는 배가 부른 게 신기할 따름이었다.

탈북민 가족이 한국에 온 직후 외식을 할 때 주로 선호하는 식당은 뷔페나 소고기나 삼겹살, 초밥 무한리필 식당이다. 나 역시 부모님이 고기나 초밥을 실컷 드실 수 있게 한동안 그런 식당을 부지런히 찾아다녔다. 무한리필 고깃집에서 이게 꿈이야 생시야 하며 배 터지도록 고기를 먹었다. 여의도에 있는 어느 회전초밥 무한리필 식당에 갔을 때는 아버지가 순식간에 초밥 접시로 탑을 쌓아서 놀라기도 했다. 무언가를 이렇게 눈치보지 않고 배부르게 먹을 수 있다니! 그것도 고기나 초밥을!

아, 그러고 보니 계란 이야기를 빠트렸다. 북한에서는 아이 낳을 때나 아프거나 특별한 날에 한 알 먹을까 말까 한 식재료가 바로 계란이다. 서울의 마트마다 웅장하게 쌓여 있는 계란 말이다. 북한에서는 귀하고 귀한 계란을 이렇게나 마음껏 먹을 수 있다니……. 식당에서도 보들보들한 계란찜이나 폭신한 계란말이를 흔하게 먹을 수 있으니 이 또한 천국이 아닌가 싶다. 이러니 한국을 사랑할 수밖에.

슬픔병과 사춘기

스트레스라는 단어는 한국에 와서 처음 들었다. 빛이 있으면 그늘이 있고, 얻는 것이 있으면 잃는 것도 있다는 말이 있다. 한국도 그런 걸까? 자유롭고 인권을 존중하는 사회, 세상 다 가진 것만 같은 한국 사람들이 알고 보면 스트레스를 받아 힘들어하고 우울증을 앓기도 한다는 것을 한국에 오래 살면서 알게 됐다. 스트레스나 우울증이라는 단어는 북한에서 쓰지 않아서 낯설었다. 솔직히 설명을 들어도 처음에는 깊이 공감이 되지 않았다. 먹고살기 바쁘고 억눌려 살다보니 아플 틈도 없던 북한 생활과 맞물려 한국의 어두운 면들은 배부른 투정같이 느껴졌다. 지금은 안다. 배만 부르다고 다 해결되는 게 아니라는 것을.

탈북민 중에서도 우울증 약을 먹거나 치료를 받는

분들이 있다. 심지어 극단적인 선택을 한 탈북민들도 있다. 치료할 정도는 아니어도 가볍게 우울감을 느끼는 탈북민들은 더 많을 것이다. 한국 사회에서 돈을 벌기 위해 일을 하고, 사람들하고 부딪히면서 알게 모르게 스트레스를 많이 받는다. 누구든 일을 하는 만큼 돈을 버는 구조이지만 탈북민들에게는 일을 선택할 수 있는 영역과 기회가 적다. 그렇다보니 진입 장벽이 낮은 일을 하다보면 몸과 마음이 너무 피폐해지고, 고단해진다. 한국인이나 일찍 한국 사회에서 자리잡은 다른 사람들과 격차도 점점 벌어져서 상대적인 박탈감이 생기기도 하고. 그래서 우리 부모님도 그렇고 오빠는 물론 나도 처음 한국에 와서 그런 점들 때문에 힘들었다. 아무리 열심히 발버둥쳐도 일이 생각대로 풀리지 않으면 누구나 좌절하게 되는 것이다. '극복'이라는 단어가 말처럼 쉬운 것도 아니고 말이다. 그래서 요즘은 탈북민들을 위한 상담 프로그램도 많이 생겼다. 나도 아이를 낳고 나서 조금 힘들고 우울한 시기를 보낸 적이 있다. 직접 겪어봤기에 마음의 병이 얼마나 힘든지, 한 사람의 삶이 얼마나 피폐해지는지 안다. 마음이 힘든 탈북민들은 혼자 끙끙대며 참지 말고 주변의 도움을 받기를 바란다.

탈북 초기, 아빠는 일자리를 구하느라 스트레스를 많이 받으셨다. 운전을 잘하시니 마을버스 운전에 도전하셨는데, 코스를 익히며 시험 운전을 하던 첫날, 앞에서 차가 갑자기 끼어드는 바람에 급정거를 하셨다. 다음날 승객 한 분이 목에 깁스를 하고 버스회사를 찾아와 보험 접수를 요구하셨다. 회사에서는 보험 처리를 하면 버스 기사를 해고할 수밖에 없다고 했다. 탈북민이라거나 운전 첫날이었다거나, 치료비를 드리겠다고 하는 읍소를 하면 할수록 아빠는 초라해졌고 결국 하루 만에 나와야 했다. 다음은 택시 운전에 도전하셨다. 스마트폰도 없고, 내비게이션이 보급되기 전인 2007년, 목적지를 한 번에 알아듣지 못해서 "네? 어디요?" 하고 물어보면 손님들이 짜증 내는 게 바로 느껴졌다. 길을 능숙하게 찾지 못할 때도 반응은 마찬가지였다. 우울한 날들을 보낸 끝에 아빠는 아파트 경비원으로 취업하셨다. 혼자 조용히 일할 수 있고, 손재주가 좋아 뚝딱뚝딱 잘 고치는 아빠에게 경비원 일은 잘 맞았다. 가족들이 일을 하지 말라고 말려도 북한하고 달리 나이 들어서도 일하고, 돈 벌 수 있으니 얼마나 좋으냐며 보람을 느끼셨다. 하지만 야간근무 때문에 건강이 나빠져 오래 하실 수는 없었다.

한국에서 처음 들어본 단어 중에 또 기억에 남는 것은 사춘기와 갱년기다. 사춘기는 10대 때, 갱년기는 50대 전후에 겪는다고 했다. 역시나 북한에는 이런 용어 자체가 없다. 북한에서도 정신병이라는 용어는 쓰지만 뼈가 부러지거나 피가 나야 다친 것이지, 마음이 아프다는 개념이 희박하다. 특히 10대는 부모의 말에 그저 순종할 뿐이다. 어릴 때 우리 집은 아침에 일어나서 각자 이불을 칼같이 접어두고 아침을 먹고 출근하시는 아버지께 깍듯하게 인사드리고, 학교에 갔다. 지나고 보니 집이지만 군대 같은 생활이었던 것 같다. 강압적이고, 모든 것이 명령으로 이루어지는 북한 사회에서는 청소년들의 미세한 감정 변화 같은 것에 전혀 신경을 쓰지 않는 것이다. 나 역시 10대 시절, 짜증이 확 나는 경험도 해봤다. 그게 무슨 감정인지도 모르고, 왜 그런지도 모른 채 그냥 흘려보낸 시간들이었다. 게다가 북한은 작은 집에서 가족이 올망졸망 같이 부대끼며 살아간다. 개인이 따로 방을 쓰는 경우도 매우 드물다. 인권에 대한 개념도 없는데다 그런 생활 여건 속에서 개인의 프라이버시나 개인의 시간, 감정을 존중해주기란 더더욱 어려운 일이다. 한국도 예전에는 먹고살기 바빠 그랬다고 하는데 지금은 개인의 인권, 개인의 의사를 존중하는 문화로 변하면서 사춘기라는 것도 생겨난 것 같다.

그런 방향은 당연히 옳다. 아이들의 마음을 세심하게 헤아려주려고 애쓰고 있다. 여기는 서울이고, 한국 사회와 한국의 문화를 이해해야지 하면서도 아이들을 키우다보면 나도 모르게 권위적인 말투가 튀어나오기도 한다. 20대 초반까지 북한에서 살아온 영향도 있고, 내 성격적인 이유도 있을 것이다. 극한의 독재를 경험한 목표지향적이고 주체적인 성향의 성격 급한 엄마는 아이들 입장에서 좀 피곤할 수도 있다. 내 목소리가 좀 커지면 어린 막내는 엄마가 무섭다며 눈치를 보기도 한다. 그럴 때는 화낸 것이 아니라며 급하게 웃어본다. 한국에서 20년 가까이 살고 있어도 몸에 밴 문화라는 게 이렇게 무섭다. 그런데 가끔은 아이들한테 인사도 강제로 시키지 말고, 무조건 아이들의 결정을 존중해주라고 하는 요즘 분위기가 낯설고, 이게 맞나 싶을 때도 있긴 하다. 내가 꼰대라서 그런 걸까? 가끔 〈금쪽같은 내 새끼〉라는 TV 프로그램을 보면서 내 어린 시절을 떠올려보며 위로받기도 하고, 아이들의 마음을 헤아려보기도 한다. 기다려줄 줄 아는 엄마가 되려고 노력하고 있다.

언젠가 통일이 되면 다른 것보다도 북한 주민들을 위한 심리상담이나 심리치료 같은 것이 우선적으로 필요할 것 같다. 처음 한국에 와서 들어간 하나원에서 다양한 교육을 들었는데, 그중 기억에 남는 것이 '마음치유 프로그램'이다. 밤에 촛불을 켜놓고 둥글게 모여 앉았다. 처음에는 솔직히 쉬고 싶어서 이런 걸 왜 하는지 모르겠다며 투덜댔다. 강사님이 마음속 이야기를 꺼내보라고 하는데 쉽지 않았다. 무슨 이야기를 해야 할지 몰라서 지켜보고만 있었는데 한 사람씩 차츰 속마음을 털어놓기 시작하자 너나 할 것 없이 눈물바다가 되었다. 눈에 보이지 않는 '마음'이라는 것에 관심을 갖고, '마음'을 들여다본 경험이 처음이었다. 살아오면서 힘들었던 기억들이 마구 떠오르고, 하나원을 나가면 스스로 먹고살아야 한다는데 언제 적응하고, 어떻게 돈을 벌어서 남한의 사람들처럼 평범하게 일상을 살아갈 수 있을지 걱정됐다. 혹시나 굶어죽지는 않을지 불안하고, 조바심이 나면서 감정이 요동쳤다. 그렇게 한바탕 울고 나니 마음속이 조금은 후련해진 기분이 들었다. 치유라는 것이 어떤 느낌인지 아주 살짝 알 것도 같았다. 하지만 마음의 문제가 얼마나 중요한가에 대해서는 한국에서 오래 살면서

체득한 것이지 탈북민들이 하루아침에 이해하기에는 어려운 주제이기는 하다.

그만큼 평생 국가로부터 가스라이팅, 세뇌를 당하면서 살아온 북한 주민들은 겉으로 드러나지 않는 마음의 병이 깊을 수도 있다. 북한에서 슬픔병이라고 부르는 우울증이 알고 보면 북한 사회에 더 퍼져 있는 것이 아닐까 싶기도 하다. 개인의 자유를 빼앗기고 체제에 순응할 수밖에 없는 북한 주민들의 가슴속에는 우울함이 기본적으로 깔려 있지 않을까? 누군가는 가슴이 답답하고, 누군가는 짜증이 솟구쳐 괜히 별것 아닌 일에 버럭 화를 내고 말이다. 몰라서 그냥 살고 있을 뿐일지도……. 그래서 훗날 통일이 되면 제일 먼저 독재 체제에 억압되어 자신들의 감정조차 제대로 보살피지 못한 북한 주민들의 마음을 따뜻하게 보듬어주면 좋겠다.

" 선물의 나라

"

북한에서도 종종 선물을 받기는 했다. 김일성이 태어난 날인 태양절, 김정일이 태어난 날인 광명절에는 어린이들에게만 사탕, 과자, 껌 등이 있는 꾸러미를 나눠줬다. 예전에는 무게가 좀 나갔지만 곳간이 비어가는지 점점 양이 줄어드는 게 보였다. 그 속에는 콩알사탕이나 벽돌 과자 같은 것이 들어 있었다. 특히 벽돌 과자는 어찌나 딱딱한지 입안에 넣고 데굴데굴 아무리 굴려도 몇 시간 동안 먹을 수 있는 과자였다. 북한에서도 개인들 간에 뭔가를 주고받기는 한다. 보통 특별한 목적이 있을 때 무언가를 주기 때문에 그것은 선물이라기보다 뇌물에 가깝다. 생일에는 오래 살라는 의미로 국수를 먹곤 했는데 그것도 형편이 나은 집 이야기고 권력자들의 생일에 비하면 먹고살기 힘든 평범한 주민들의 생일은 그저 흘러가는 보통의 하루와 같을 뿐이었다.

　한국에 살아보니 여기는 그야말로 선물의 나라다. 국정원에 오자마자 비누같이 귀한 생필품이며 간식을 한아름 받았고, 화이트데이니 뭐니 무슨 '데이'들은 왜 그렇게 많은지, 나는 지금도 뭐하는 날인지 검색을 해봐야 안다. 너무 많아서 헷갈린다. 그리고 한국은 어디를 가나 선물을 준다. 손톱 깎기 세트 같은 기념품에서부터 지역별로 선물도 아주 다양했다. 서울이든 강원도, 전라도 어디를 가든 사람을 빈손으로 보내는 법이 없었다. 돌잔치를 해도 답례품, 예식장에서도 밥 못 먹고 가는 사람한테는 선물을 쥐여주고, 어떤 행사장에 가도 기념품은 꼭 준다.

　무슨 단체만 그런 것도 아니었다. 당장 내 남한 지인들만 봐도 주변 사람들에게 끊임없이 뭔가를 나눠주신다. 북한에서는 그저 간부들이나 선생님에게 뇌물을 주거나 또는 나라에서 '말 잘 듣는' 국민들한테 인심 쓰듯 나눠주는 것이라면 한국의 선물은 의미가 달랐다. 반가움에서 우러나오는 환대의 의미, 또는 진심어린 고마움이나 친근함의 표현 그 자체였다. 그래서 나도 집에 같은 물건이 두 개 있으면 나눠주고, 주변 사람들에게 갖가지 선물로 마음을 표현하기 시작했다.

특히나 생일 선물을 주고받는 한국의 문화는 감동 그 자체다. '내가 태어난 날을 이렇게나 축하해준다고? 내가 그렇게 귀하고 가치 있는 사람인가?' 하는 생각에 처음에는 어리둥절했다. 태어나기 잘했다, 태어나서 행복하다는 감정은 정말이지 말 그대로 태어나서 '처음' 느껴봤다. 그런 날이면 이렇게 행복하게 살려고 그날 밤 두만강 차가운 물을 건너온 것이라는 생각에 눈시울이 뜨거워지기도 했다. 선물을 받는 사람도 행복하지만 주는 사람 역시 즐겁고, 뿌듯한 마음에 행복감이 차오르는 것을 느낄 수 있다. 그럴 때는 나도 이제 한국 사람 다 됐다는 생각이 든다.

예전에 회사 다닐 때 어린 직원 한 명이 대뜸 500원을 달라고 했다. 왜냐고 물으니 남자친구와 사귄 지 500일이 됐단다. 둘이 축하하면 되지 왜 나한테 달라고 하는지 영문도 모른 채 500원짜리를 준 적이 있다. 빼빼로데이, 어린이날, 어버이날, 결혼기념일, 부부의 날……. 별걸 다 챙기는 나라, 이벤트가 많은 나라, 스마트폰으로 너무나 쉽게 선물을 보내줄 수 있는 나라, 여기가 바로 선물에 진심인 나라 대한민국이다.

도토리꿀술,
소맥 그리고 노래방

회식 이야기를 빼놓고 회사생활 이야기를 하기는 어려울 거다. 탈북민들이 공통적으로 놀라는 한국의 회식 문화가 몇 가지 있다. 먼저 소맥 만드는 기술. 한국 드라마에 종종 나오는 것처럼 정말 실제로 맥주잔과 소주잔을 이용해 현란하게 소주와 맥주를 섞어 '소맥'을 완성한다. 화려한 이벤트에 회식 분위기가 후끈 달아오른다. 다음은 자유로운 분위기. 북한에서는 20년쯤 전만 해도 여자는 술을 못 마시게 했다. 모여서 노는 것도 드러내면 안 되니 삼삼오오 숨어서 놀아야 했다.

탈북민들에게 물어보면 하나같이 북한의 회식이란 간부들이 참석한 가운데 경직된 분위기 속에서 도토리꿀술 같은 독한 술을, 여직원이 남자 간부에게 따라줘야 했다고 말한다. 간부가 따라주는 술은 무조건 마셔야 하는 것도 북한의 숨막히는 회식 분위기다. 한국의 회식 자리에서도 술을 권하는 분위기가 있기는 하다. 그래도 강제로 마시게 만드는 분위기라기보다 기분 좋게 응원해주듯 다 같이 즐기는 분위기라서 좋다. 술이 너무 약하거나 못 마시는 사람은 음료수나 물을 마셔도 얼마든지 같이 놀 수 있고 말이다.

한국의 또다른 놀라운 회식 문화는 1차부터 3차, 4차까지 이어지기도 한다는 점이다. 약간 취기가 있을 때 다 같이 노래방에 가기도 한다. 나도 일하면서 처음 노래방에 가봤다. 아는 노래가 없다며 손사래 치자 뭘 그런 걸 다 걱정하느냐는 얼굴로 북한 노래도 있다며 노래방 두꺼운 책을 덥석 안겨주던 직원들. 정말 북한 노래가 있어서 2차 충격! 마이크를 잡고 한국에도 널리 알려졌다는 〈휘파람〉이라는 북한 가요를 부르니까 기분이 정말 묘했다.

"어젯밤에도 불었네. 휘파람 휘파람~"

내가 휘파람을 부르는데 한국 사람들이 따라 불러서 또 충격! 같이 노래방에 간 직원 중에는 북한에서 온 사람이 북한 노래를 부르는 진귀한 모습을 부모님께 보여드려야겠다며 동영상을 찍기도 했다.

북한은 보통 모여서 놀 때 무반주로 노래를 한다. 노래방 기계나 음향 시설이 없으니 그럴 수밖에. 그래서 기본적으로 가사를 다 외워야 그런 자리에서 노래를 부를 수 있다. 북한에도 반주에 맞춰 노래를 부를 수 있는 곳이 있다. 가라오케라고 부르는 술집에서 주로 노래를 한다. 그리고 내가 평양에 살 때 청년극장이라는 곳이 있었는데, 노래방 같은 시설이 아니라 공연장이다. 무대에 나와 노래를 부를 사람은 돈을 많이 내야 하고, 감상만 할 사람은 돈을 조금 내고 입장할 수 있다. 북한 노래 중에 선택해서 부를 수 있는데 가끔 흥에 겨워 엉덩이를 흔들며 춤이라도 추는 사람이 있으면 보위부 직원이 지켜보고 있다가 "동무, 내려가라" 하며 노래를 중간에 끊기도 했다. 즉석에서 검열하고 있는 것이다. 지금 생각해도 웃음이 나온다. 신나서 노래를 부르는 사람이나, 가서 지켜보는 사람들이나, 춤 못 추게 강제로 말리는 사람이나.

그러고 보면 우리 민족은 흥이 많고 정말 노래를 좋아하는 것 같다. 한국에 와서 보니 노래방이 곳곳에 있고, 노래방 음향 시설이 좋고, 가수들 뺨치게 노래를 잘하는 사람, 춤 잘 추는 사람들도 무지 많았다. 사실 나는 노래방을 그다지 좋아하지는 않는다. 어려서부터 노래를 했고, 직업적으로 노래를 해서 그런지 노래방에 가면 꼭 일하는 기분이 든다. 요리사들이 집에서는 요리를 하기 싫은 기분과 비슷하지 않을까? 게다가 부를 줄 아는 한국 노래도 소위 말하는 '7080' 노래들 중에 〈사랑의 미로〉 같은 조용한 곡들뿐이어서 노래방의 그 흥을 따라가기가 힘들다. 가끔 지인들과 노래방에서 한국 트로트나 발라드곡을 부르면 꼭 북한 노래를 부르는 느낌이 든다. 창법이 아직 북한 노래, 성악 발성을 벗어나지 못해서 그런 것 같다. 같은 노래를 듣고도 한국 지인들은 '북한 노래 같다'고 하고, 탈북민 지인들은 '너 한국 노래 잘한다야~' 한다. 최진희의 〈사랑의 미로〉, 태연의 〈만약에〉, 서영은의 〈혼자가 아닌 나〉를 좋아한다.

"
계란도 과유불급

"

계란 요리를 정말 좋아한다. 아이들도 계란을 좋아해서 온 가족이 즐겨 먹는데 이것도 과유불급이라는 것을 얼마 전에 알았다. 초등학생인 아이가 병원 검사 결과 콜레스테롤 수치가 너무 높게 나와서 놀란 일이 있었다. 아무리 생각해도 먹는 것 중에 계란이 제일 걸려서 2~3주 계란을 먹지 않고 다시 검사를 받아보기로 했다. 그랬더니 거짓말같이 콜레스테롤 수치가 확 떨어졌다. 없어서 못 먹던 계란을 이제는 건강 때문에 거리 두기를 해야 하다니…….

계란 이야기를 했으니 이제 닭 얘기를 해볼까? 한국 사람들은 닭고기를 정말 좋아하는 것 같다. 한국에 처음 왔을 때 치킨을 보고 깜짝 놀랐다. 닭고기를 이렇게 기름에 튀겨서 먹는다고? 맛은 왜 이렇게 좋은 거야. 이 나라에 치킨 싫어하는 아이들이 있을까? TV에서도 치킨 광고가 많이 나오고, 어른들도 치맥이라면 누구나 좋아한다. 식당마다 닭갈비나 백숙도 인기 메뉴다. 그 많은 닭고기가 어디에서 오는지 궁금할 지경이다.

사위가 오면 닭을 잡아서 한 상 거하게 차려준다는 말이 북한에도 있다. 북한에서는 닭을 푹 고아 만든 '닭곰'을 해준다. 그런데 그것도 살기 좋을 때나 말이다. 북한의 시골에서도 부잣집에서나 닭을 키우지 보통 사람들은 계란 구경하기도 힘든 게 현실이니까. 북한의 시골 닭은 풀도 먹고 톱밥도 먹는다. 닭이 얼마나 귀한지 어느 집에서 닭을 키우면 아이들이 구경하러 갈 정도였다. 가끔은 아이들이 기다렸다가 닭이 알을 낳자마자 훔쳐 그 자리에서 먹어버리는 경우도 있었다. 평양 사람들은 계란을 얻으려고 아파트에서 닭을 키우기도 했다. 닭 소리가 나는 아파트라니, 서울이라면 어림도 없겠지?

북한은 닭도 사람들처럼 먹을 것이 없어서 보통 빼빼 말랐다. 그리고 시장에 닭을 사러 가면 냉장 시설이 없기 때문에 살아 있는 닭을 사 와서 각자 집에서 닭을 잡아 바로 요리해서 먹어야 한다. 북한에서는 사회주의 체제에서 동등하게 주는 월급에 비례해서 남들보다 잘 먹으면 신고 대상이다. 그래서 어쩌다 명절이나 특별한 날이 아닌데 고기를 많이 먹으면 동네에서 의심을 받는다. 그러다보니 닭을 잡아도 닭털을 석탄 잿더미에 몰래 숨겨서 버려야 먹은 티가 나지 않아 신고를 피할 수 있다. 이처럼 먹는 것도 마음대로 못 먹는 북한에서 왔다보니 한국의 풍성한 먹거리들을 보면 꿈인가 생시인가 싶다. 북한에서는 간혹 음식을 먹다가 덜 뽑힌 닭털이 나오는 일도 다반사였다. 탈북민들이 마트나 시장에서 파는 뽀얀 생닭을 보고 감탄하는 이유가 바로 그것 때문이다. 나 역시 그랬다.

'야~ 한국은 닭도 피부가 좋구나야.'

"
대한민국 학부모가 되다!

"

어느덧 나도 대한민국의 학부모가 되었다. 북한과 다르게 한국의 부모들은 아이들을 정말 세심하게 잘 케어하고 있다. 북한 아이들은 굶지 않고 밥만 먹어도 잘사는 집이고, 좋은 환경이라고 하는데 남한에서는 아이들의 자존감을 키워주고, 억압적이지 않고 자유롭게 아이를 존중하며 키우는 방식이 특이해 보였다. 교육열 또한 처음에는 이해하기 어려웠다. 남한에서는 대부분의 아이들이 학교를 갔다 오면 학원으로 간다. 아니, 학교 다니면 됐지 무슨 학원을 또 가서 같은 내용을 또 배워야 하는지 도무지 이해되지 않았다.

북한에서는 모든 아이들이 학교가 끝나면 학교에서 청소나 작업에 동원되고, 재능 있는 아이들만 선발해서 학교 음악부나 소년회관 등에서 잘할 수 있는 것을 따로 가르친다. 내가 배우고 싶다고 해도 피아노 같은 악기를 누구나 배울 수 없는 것이다. 북한은 잘할 수 있는 가능성이 있는 아이들에게만 예체능을 가르친다. 즉, 모든 것이 선생님들의 '선발'하에 학생들의 운명이 결정된다고 볼 수 있다.

하지만 남한에서는 아이들이 본인들이 잘해서가 아니라 그냥 배우고 싶어서 취미로 예체능을 배운다고 해서 놀랐다. 특히 태권도나 피아노 학원은 대부분 필수로 다니는 것 같다. 남한에서 학부모로서 가장 어려운 게 그런 점이었다. 내 아이들의 재능을 아이와 부모가 함께, 직접 찾아야 한다는 것이 힘들었다. 한편으로 보면 어쩌면 이게 진정한 자유민주주의가 아닐까 싶다. 북한은 나라에서 아이들의 재능을 발견해서 키워준다고는 하지만 결국 선생님들에게 뇌물을 줘야만 선발이 가능한 시스템이다. 돈이나 인맥이 없으면 현실적으로 예체능을 하기가 어려운 것이다. 북한은 아무리 재능이 있어도 출신 성분이 좋지 않으면 배울 기회조차 얻기 힘든 사회다. 반면에 한국에서는 아이들이 스스로 자신의 꿈을 키워나갈 수 있는 능력을 발휘한다는 점은 정말 좋은 것 같다.

학부모가 되고 나서 엄마들의 모임이 있는 것을 알

앗다. 북한에도 학부모 모임이 있기는 있다. 하지만 엄마들끼리 모여서 자기 아이의 친구를 만들어주거나 하지는 않는다. 나는 한국의 이런 학부모 모임이 조금 부담스럽고 어려웠다. 당시 방송 출연을 활발하게 했던 때라 탈북민 가정이라는 것을 애초에 숨길 수도 없었다. 뒤에서 수군거리거나 나를 외국인 보듯이 하는 시선들도 있었지만 다 감내해야 할 과정이었다. 학교 교통 봉사 같은 활동에도 꾸준히 참여하면서 오히려 터놓고 먼저 다가가며 스스럼없이 행동했더니 다른 학부모들도 편견을 내려놓고 나를 편하게 대해주기도 했다. 학교나 유치원 숙제들은 왜 그렇게 부모가 같이 해야 할 것이 많은지, 가끔은 일하면서 그런 것까지 챙기기가 버거울 때도 있었다. 하지만 조금만 다르게 생각해보니 바쁜 부모들에게 잠깐이라도 아이들과 함께 뭔가를 해볼 기회를, 시간을 일부러 만들어주는 게 아닐까 싶기도 했다. 그렇게 날마다 대한민국의 학부모로 살아가는 중이다.

문득 생각났는데, 탈북민 할머니가 손녀를 돌보면 어떤 일이 일어나는지 보여주는 웃지 못할 에피소드가 있다. 아이가 한창 말을 배우기 시작했을 때 어느 날 사람들이 많은 엘리베이터 앞에서 갑자기 "반갑습니다~

반갑습니다~" 하고 북한 노래를 불러서 사람들이 다 쳐다보고 나도 깜짝 놀랐다. 알고 보니 외할머니가 북한 노래를 자주 불러주셔서 아이도 그 노래를 배워버린 것이었다. 친정엄마한테 북한 노래를 안 불러주면 좋겠다고 말씀드리니 다음부터는 아이가 레퍼토리를 바꿨다. "내 나이가 어때서~"

" 사탕가루와 낙지 "

한국생활 초반에 우리 부모님은 특히나 밖에 나가기를 두려워하셨다. 북한과 한국이 기본적인 언어는 통한다지만 집 근처만 잠시 나갈 뿐 혼자서 지하철을 타거나 멀리 외출하지는 못했다. 우리 가족이 2006년에 탈북해 추운 몽골에서 덜덜 떨며 지내다가 2007년 한국으로 들어왔을 무렵만 해도 탈북민의 숫자가 그리 많지도 않았고, 탈북민들이 주목받거나 탈북민에 대한 시선이 그리 호의적이기만 한 것은 아니었다. 그래서 누가 어디에서 왔느냐고 물으면 얼버무리곤 하던 시절이 있었다.

\# 에피소드 하나.

"사탕가루 주세요."

"사탕가루요?"

"아저씨, 조선 말도 몰라요?"

"사탕가루가 뭔데요?"

"알사탕 알아요? 그거 갈아놓은 거같이 생겼는데……."

"아~ 설탕이요?"

정착 초기, 엄마가 편의점에 혼자 가서 겪으신 일이다. 편의점 주인인지 아르바이트생인지 얼마나 당황스러웠을까? 조선 말을 모른다고 웬 할머니한테 혼난 그분에게 엄마를 대신해 사과드린다.

에피소드 둘.

"낙지 주세요."

"여기요~"

"이거 왜 이렇게 작아요? 이거 말고 이거 낙지 주세요."

"아~ 오징어요?"

"이게 오징어래요?"

"아주머니 어디에서 오셨어요?"

"······."

내 에피소드도 있다. 첫 월급을 타고 새 밥솥을 사러 나갔을 때의 일이다.

"여기 가마 어딨어요?"

마트 직원에게 물었더니 "가마는 안 팔아요" 하셨다.

분명히 마트에 가면 밥가마를 판다고 들었는데 이상하다 하고 한참 찾아보니 밥솥이 있었다.

밥가마가 있는데 왜 안 판다고 했을까 궁금해하며 상품 이름을 보니 그 직원이 그럴 만도 했다.

내가 찾는 밥가마 이름은 바로 '○○압력밥솥'이었다.

앞의 이야기들은 정착 초기, 엄마와 내가 직접 겪은 일이다. 북한에서는 오징어를 낙지라고 부른다. 또, 우리나라의 갑오징어를 북한에서는 오징어라고 부른다. 누가 어디에서 왔느냐고 물으면 심장부터 쿵쾅거리던 시절의 이야기다. 남북한의 분단으로 인해 얼마나 크고 작은 문화와 언어 격차가 발생하는지를 우리는 피부로 직접 느꼈다. 같은 언어를 씀에도 불구하고 말이 안 통하는 우리 민족의 '웃픈' 현실이 안타까울 뿐이다.

" 가슴에 남은 고마운 분들 "

정착 초반에 부모님의 대화 주제는 90% 이상이 '오늘은 어떤 사람이 도와줬는지'에 대한 이야기였다. 봉사하는 사람들이 떡을 갖다주질 않나 길 가는 사람들도 다 친절하고 병원 같은 기관은 더 말할 것도 없이 깨끗하고 직원들이 하나같이 친절해서 서로 경쟁하듯 오늘 만난 좋은 사람들에 관한 이야기를 풀어놓으셨다.

그중에 몇 년이 흐른 지금까지도 고마운 사람들이 있다. 한 분은 정착 초반에 엄마를 도와주신 분이다. 엄마가 동네에 적응하신 뒤 슬슬 지하철을 타고 외출할 수 있게 된 무렵의 일이다. 병원에 다녀오시던 엄마가 지하철 에스컬레이터에서 갑자기 어지러워서 뒤로 넘어지고 말았다. 뒷사람과 도미노처럼 넘어지면 자칫 큰 사고로 이어질 수도 있었다. 그때 한 청년이 순식간에 곧바로 엄마를 일으켜세워주면서 괜찮으시냐고 물으며 엄마가 정신을 차리도록 도와주었다는 것이다. 다행히 엄마는 어지럼증이 좀 나아져서 집까지 무사히 돌아오셨다(그 청년이 이 글을 읽는다면 다시 한번 고마움을 전하고 싶다).

그리고 내가 은평구에 살 무렵, 신변 보호를 담당하던 여자 경찰이 계셨다. 탈북민들은 초기에 몇 년간 거주지 근처의 경찰이 신변 보호를 해주도록 정해져 있다. 그분은 형식적으로만 일하지 않고 밥을 같이 먹거나 동네에 대해 다양한 정보를 알려주면서 진심으로 나를 도와주셨다. 낯선 동네에서, 낯선 한국 사회에 적응해가던 나에게 그 마음이 고스란히 전해졌다.

고마운 분들이라면 앞에서도 언급했듯이 하나원을 나온 뒤 임대주택에 들어가면서 처음 만난 적십자회 봉사자 이모님들도 빼놓을 수 없다. 다른 하나원 동기들은 살림살이가 없어 집이 텅텅 비었을 때 나는 중고여도 잘 돌아가는 세탁기, 냉장고, TV까지 가졌으니 다들 나를 부러워했다. 한국에서 제일 먼저 느낀 따뜻한 마음이었다. 정말 감사하고 또 감사하다.

여기에 다 옮겨적을 수 없을 만큼 이름 모를 많은 친

절한 분들도 생각난다. 정착 초기에는 스마트폰이 나오기 전이어서 대중교통을 이용해 길을 찾아다닐 때 특히 힘들었다. 그래서 버스를 타거나 지하철을 타기 전에 꼭 주변 분들께 물어본 뒤에 타곤 했다. 평양에서도 지하철을 타봤지만 서울의 지하철은 노선이 많고, 사람도 너무 많아 더 복잡하다. 출퇴근 시간에 우르르 사람이 몰리는 것은 평양이나 서울이나 똑같다. 다른 점이 있다면 평양은 출근 시간이 지나면 열차가 텅 빈다는 것, 그런데 서울은 낮이고 밤이고 사람이 많다는 점이다. 처음 서울에서 지하철을 타려고 갔는데 양쪽에서 동시에 열차가 들어오기라도 하면 어느 쪽을 타야 할지 몰라 당황스러웠다. 잘못 타면 반대 방향으로 가니까 낭패였다. 길을 모를 때도 그랬다. '모르면 택시를 타라'는 말만 믿고 종종 택시를 탈 때도 있었고, 물어물어 힘들게 직접 찾아가기도 했다. 처음 가는 동네에서 길을 몰라 당황하면 어찌된 영문인지 눈앞에 있는 건물도 순간적으로 보이지 않았다. 그럴 때마다 다들 어찌나 친절하게 알려주시던지…… 매번 감동이었다.

'남조선은 뒤돌아서면 등가죽도 벗기는 무서운 세상'이라 배웠고, 특히 서울 사람들은 이기적이고 깍쟁이로 알고 있었는데 웬걸, 살아갈수록 마음이 따뜻한 사람을 많이 만났다. 목숨 걸고 올 가치 있는 땅이라는 생각이 든다.

"
쌀 이야기

"

"이거 쌀벌레가 생겼는데 어떡하지요?"

탈북민 지인이 집에서 먹던 쌀에 벌레가 생겨 농사 짓는 분에게 어떡하냐고 물었더니 쌀을 가져가시겠다고 했단다. 닭 사료로 준다고 말이다.

"히익– 닭 준다고요?"

그 말을 들었을 때 그녀의 눈이 얼마나 동그래졌을 지 상상이 된다. 의식주 이야기에서 제일 먼저 떠오르는 게 바로 쌀이다. 북한에서 흰 쌀밥은 부의 상징이다. 평범한 주민들은 돌이 섞인 질 나쁜 묵은쌀을 함박으로 일어 먹는다. 씻으면 갈색 물이 나와서 대여섯 번 헹궈야 한다. 거기다 아무리 성의껏 골라내도 밥에 작은 돌이 섞여 있기 마련이라 북에서는 밥 먹다가 돌을 씹는 일도 다반사다. 그래서 가끔 남편이 미울 때 일부러 쌀을 대충

씻어서 돌 섞인 밥을 준다는 우스갯소리도 있다. 나도 밥 먹다가 이가 깨진 적이 있다. 탈북민들이 유독 치아가 상한 경우가 많은데 한국에 와서 임플란트 시술을 받을 수 있어서 얼마나 다행인지 모른다. 그게 다 쌀에 섞인 돌 때문이다.

탈북민들이 처음 한국에 와서 밥 지을 때 쌀 함박을 찾느라 많이들 두리번거렸다는 이야기를 들었다. 사실 그 물건이 한국에서는 전혀 필요 없다는 것을 깨닫는 데는 시간이 오래 걸리지 않았다. 뽀얀 쌀뜨물이 나오는 질 좋은 쌀을 보는 순간 다들 자기의 눈을 의심했을 것이다. 그뿐인가. 쌀도 품종이 다양해서 취향대로 골라서 사 먹는 천국이다. 씻어서 팔아 바로 밥솥에 넣으면 되는 쌀도 있으니 말 다 했다.

북한의 시장에서도 가끔 한국 쌀을 판다. 한국에서 보낸 쌀을 누군가 빼돌려서 파는 것이다. 그걸 먹어본 사람들은 쌀이 그렇게 다를 수 있다는 것을 알고 깜짝 놀랐을 것이다. 뉴스를 보면 한국은 쌀 소비량이 갈수록 줄어들고 있어 문제라는데 북한 주민들은 아직도 내일 먹을 쌀 걱정을 하며 살고 있으니 정말 답답하고 안타까운 노릇이다.

달구지와 가짜 약

사람이 아플 때만큼 서러울 때가 또 있을까. 아직도 시골 사람들은 집에서 아기를 낳고, 위급할 때도 차가 없어 달구지를 타고 병원에 가야 하는 나라, 병원은 너무 멀고, 초라한 진료소만이 동네에 덩그러니 있는 나라, 몇 곳 있는 병원마저도 전기 공급이 불안정한 나라, X-ray 그런 기기도 턱없이 부족한 나라, 시장에서 가짜 약을 파는 나라, 목숨을 걸고 그 약을 먹어야만 하는 나라. 그런 나라가 바로 북한이다.

엄마는 요즘에도 강박적으로 상비약을 집에 사두신다. 설사약, 종합 감기약, 두통약, 소화제 등 종류별로 다 있다. 집 근처의 약국을 얼마나 좋아하시는지 모른다. 다 그럴 만한 이유가 있다. 중국에서 들여온 약이며 러시아에 갔던 노동자들이 사온 약, 밀가루로 만든 가짜 약, 아편 성분이 들어 있는 약, 이름이나 설명서도 없는 약을 만병통치약처럼 먹고 지내야 했으니 약에 한이 맺힐 만하다. 더구나 가짜 약을 먹고 사람이 죽는 경우도 있었으니 북한 주민들은 정말 약에 대한 불신을 넘어 트라우마가 생길 만한 상황이다.

북한도 처음부터 그랬던 것은 아니다. 1980년대만 해도 병원에서 의사가 처방을 해주면 약을 이것저것 받아왔다. 그런데 점점 줄어들더니 급기야 내가 어릴 때는 약을 직접 구해서 먹고, 주사도 주민들이 직접 주사약을 구해 집에서 맞아야 하는 상황이 된 것이다. 할머니나 우리가 아플 때 엄마, 아빠가 직접 페니실린 같은 항생제를 구해 엉덩이 주사를 놔주었던 기억이 생생하다. 아프기는 또 얼마나 아프던지. 어떨 때는 주사 맞은 자리에 멍이 들기도 했다. 멍이 들면 양반이지. 나는 어릴 때 주사 맞은 자리가 곪아서 엄청 고생했다고 한다. 기억은 없지만 아직도 그 자리에 흉터는 남아 있다. 같은 동네 주민이 주사를 놓아줬는데 염증이 생겨버린 것이었다. 애는 아프지, 마음은 급하지, 지금 생각하면 우리 부모님도 얼마나 힘들었을까.

아빠는 내가 중학생이 되었을 때 직접 주사 놓는 법

을 알려주기도 하셨다.

지금 생각하면 매우 위험천만한 행동이었지만, 아빠 덕분인지 북한의 열악한 의료 환경 덕분인지 나는 중학생 시절에 오빠와 함께 호박에 주사 바늘 찌르는 연습을 해서 혈관 주사 놓는 방법을 터득했다. 실제로 엄마가 편찮으시실 때는 아빠의 지도 아래 혈관 주사를 놓기도 했다. 기술인지 뭔지 덕분에 협주단 시절 단원들이 아프다고 하면 가끔 나에게 주사를 맞는 배우들도 꽤 있었다.

엉덩이 주사나 혈관 주사를 집에서 맞히지 못할 경우 개인적으로 활동하는 의사를 집에 부르거나 다른 사람에게 부탁해서 주사를 맞아야 했으니 얼마나 불편했겠는가. 응급 상황이라면 더 말할 것도 없고 말이다. 나도 아이를 낳고 키워보니 부모님이 그 시절, 얼마나 힘들게 약을 구하고, 힘들게 주사를 놔주고, 약이 가짜 약이 아니기를, 효과가 있기를 빌고 또 빌었을지 가슴으로 느껴졌다. 엄마가 한국의 약국을 사랑하시는 이유, 백번 이해한다. 내가 아플 때 언제든지 119 구조대에 전화를 걸어 도움을 요청할 수 있는 나라, 집 근처에 약국이며 병원이 즐비한 나라, 믿고 약을 먹을 수 있는 나라에서 내가 살고 있다.

오빠가 없어졌다

"너 빨리 짐 싸서 집으로 오라."

평양에서 살던 나는 당시 엄마의 전화를 받고 너무 놀랐다. 동네 사람들 눈에 띄지 않게 고향 집으로 당장 오라는 연락이었다. 오빠가 사라졌단다. 편지 한 통 남기고 오빠가 집을 떠났다. 나는 부랴부랴 엄마가 아파서 고향에 가야 한다며 여행 증명서를 받아 부모님 댁으로 향했다. 믿기 어렵겠지만 북한에서는 지역을 이동하려면 서류가 필요하다.

내 딱친구 박서리. 딱친구는 한국식으로 말하자면 죽마고우라고 할까. 어린 시절부터 친하게 지냈던 내 친구 박서리와 오빠가 같이 사라졌다. 오빠가 남긴 편지에는 한국 가서 돈 많이 벌어 가족들도 꼭 데려오겠다는 내용이 적혀 있었다고. 당시 서리는 직장인이고, 오빠는 연구원이었다. 나는 오빠의 연애 소식도, 부모님이 두 사람의 결혼을 허락하지 않았다는 얘기도 북한을 떠나오고 나서야 들었다. 도대체 내가 평양에 있는 동안 무슨 일이 있었던 거야…….

오빠가 탈북한 사실을 알고 나서 부모님은 머릿속이 하얘졌다. 나중에 들으니 오만가지 생각이 떠올랐다고. 아들이 탈북한 뒤에 재산을 몰수당한 집들도 이미 숱하게 봐왔다. 더구나 간부인 아버지의 심정은 오죽했을까.

사실 탈북한 가족은 오빠가 처음이 아니었다. 엄마는 8남매인데 이모 세 명과 80세 넘은 외할머니까지도 먼저 북한을 떠나신 상태였다. 도미노가 넘어지듯이 사촌 언니들이 하나둘 제일 처음 탈북하고 그 뒤로 이모들이 떠났다. 엄마는 사촌 언니나 이모들이 떠나기 전에 항상 따뜻한 밥을 차려주고, 계란도 삶아 싸주면서 무사히 한국으로 가도록 빌어주었다.

당시 엄마가 인민반장이었는데, 한국으로 치면 통장 같은 역할을 했다. 인민반장의 집은 밤에 숙박 검열을 안 했기 때문에 셋째 이모가 북한을 떠나기 전, 우리 집에 며칠 머물기도 했다. 이모들이 떠난 뒤 외할머니는 추방자 명단에 올라 신분증도 빼앗겨 숨어서 지내야만 했다.

한국으로 먼저 간 이모들은 계속 외할머니에게 한국으로 오라고 연락하고, 엄마는 팔순 노모를 한국으로 보낼 수 없어 계속 모시고 살 생각을 하고 있었다. 그러다가 외할머니도 이모들이 사는 한국으로 가겠다고 결심하셨다. 눈이 펑펑 내리던 12월, 엄마는 들킬까봐 외할머니께 잘 가시라는 인사도 못 한 채 울면서 엄마를 보내드려야 했다. 그때만 해도 우리 가족은 북한을 떠나겠다는 생각을 전혀 안 하고 있어 언젠가 만난다는 생각보다는 생이별 그 자체였던 것이다. 그때는 몰랐다. 그로부터 몇 년 후 오빠가 탈북하면서 우리 가족도 더이상 북한에서 살 수 없게 될 줄을, 북한에서는 엄마가 이모들을 도와줬지만 한국에 가서 우리가 먼저 정착한 이모들의 도움을 받아 정착하게 될 줄을, 외할머니가 한국에서 98세까지 사실 줄을…….

"우리도 가자!"

아버지가 빠르게 결정을 내렸다. 언제, 어떻게 국경경비대를 통과할지 부모님은 신속히 판단하고 움직여야 했다. 중국에 갔다가 돌아올 것이라고 확답해야 북한 국경을 넘을 수 있다. 북한에는 탈북 브로커가 많은데 계절과 상황에 따라 성수기와 비수기가 있고, 그에 따라 가격

차이도 컸다. 나중에 알고 보니 오빠와 내 친구 서리는 탈북할 때 커플 할인을 받았다고 했다. 지금이야 웃으며 이야기하지만, 탈북이란 돈도 돈이지만 목숨을 걸 만큼 위험한 일이고, 잡히면 각목으로 맞는 것은 물론 다시 북한으로 끌려와 정치범 수용소로 가거나, 사형 선고도 받기 때문에 너무나 큰 도전이자 모험이었다.

가족이 따로 가야 의심을 안 받기 때문에 우리는 순서를 정했다. 제일 먼저 아빠가 집을 떠났다. 브로커가 앞장서고 아빠는 자전거를 타고 따라나섰다. 아빠는 집에 있던 골동품 하나를 챙겨 나갔는데, 중국에 왜 가느냐고 묻는 국경 경비대에게 골동품을 중국 친척에게 전해주러 간다고 둘러대서 통과했다. 누가 봐도 간부 같은 인상의 아빠가 어떻게 자연스럽게 대답을 했을지, 궁하면 통한다는 말이 맞나보다. 엄마의 탈출기는 더 아슬아슬, 지금 들어도 내가 진땀이 난다.

집을 떠나는 순간부터가 전쟁이었다. 브로커가 엄마를 데리러 왔을 때 그 사람이 보위부에서 밀정을 나온 사람인지 진짜 탈북을 도와줄 브로커인지 믿을 수가 없어서 왜 왔느냐며 모른 척 연기를 하기도 했다고. 소금을 가득 넣은 배낭을 메고, 곳곳에서 요긴하게 쓸 담배와 술도 챙긴 엄마는 배추 수확철이라는 덕을 조금 봤다. 배추밭에 동원된 일꾼들을 실어나르는 차에 탄 덕분에 가방 검열도 안 받고 증명서 확인도 안 한 채 초소를 통과한 것이다. 다만 국경 쪽에서 하룻밤을 자야 했는데 밖에 군인들은 돌아다니지, 만나기로 약속한 사람은 안 오지, 엄마는 두려움에 벌벌 떨며 기다려야 했다. 불행 중 다행으로 숨어 있던 집의 주인이 같은 고향 사람이라 웃으며 소금을 주고 긴긴밤을 숨어서 보낼 수가 있었다.

떠올리기도 싫은 그날, 나는 중국에 있는 친척을 만나러 간다며 국경 경비대까지 갔다. 탈북을 도와주는 군인이 시키는 대로 숨어 있다가 한밤중에 드디어 출발! 물이 허리까지 오고 물살이 센 두만강을 두 발로 건너게 될 줄이야! 그렇게 북한을 떠나 옷이 다 젖은 채로 서둘러 마중 나온 브로커의 오토바이를 타고 부모님을 만나러 갔는데 아빠는 다른 데로 가서 기다린다고 하지, 엄마는 아직 안 왔다고 해서 얼마나 놀랐던지……. 다음날이 돼서야 시내에서 엄마를 만났다. 엄마는 두만강을 건너오던 중에 브로커를 통해 내 소식을 들었다고 했다. 무사히 두만강을 건넜다는 이야기를 듣고 가슴을 쓸어내리셨다고.

그런데 중국에 도착했다고 해서 끝이 아니었다. 북한에서 도망 나온 사실이 알려지면 누가 신고를 할 수 있어서 화장실도 밤에만 몰래 다녀올 정도로 꼭꼭 숨어 있었다. 그러고는 브로커에게 가지고 있던 재산과 북한에서부터 배에 차고 나온 사진까지 다 맡기고 또 이동을 해야 했다. 돈과 사진은 다른 나라에 가면 다 빼앗긴다고 해서 먼 친척인 브로커를 믿고 전 재산을 맡기고 왔는데 결국 나중에는 사진만 돌려받았다는 쓸쓸한 이야기. 아무튼 드디어 중국 장춘에서 부모님과 내가 다시 만나 우리는 몽골로 향하게 되었다. 몽골로 가는 승합차 한 대에 아홉 명이 빽빽하게 타고 있었는데, 중국 변방대가 우리를 발견하고 추격했다. 차가 뒤집힐 위기를 넘기며 겨우 추격을 따돌려 몽골 국경에 도착했다.

국경에는 높이 2미터가 훨씬 넘는 철조망이 있었는데 그걸 넘다가 다 긁히고, 바지가 다 찢어졌다. 겨우 철조망을 넘어 오후 4시부터 사막을 걷고 또 걸었다. 나는 힘들어서 울었다. 날은 추워서 나침반도 얼고, 손가락이 얼어서 내 마음대로 움직여지지도 않는 밤, 브로커들이 북쪽으로만 계속 가라고 얘기했기에 북극성을 보며 걷고 또 걸었다. 나중에 얘기를 들어보니 망망대해나 다름

없는 끝없는 몽골 사막에서 탈북민들이 종종 길을 잃는 다고 했다. 헤매다가 자기들도 모르게 중국 방향으로 되돌아가서 잡히거나 같은 길을 밤새 돌아 제자리로 돌아 오기도 한다고. 우리가 사막을 걷던 그날 밤, 별은 어찌나 밝던지, 우리에게 길을 알려주듯 빛나는 북극성 별자리가 그렇게 고마울 수가 없었다. 어느새 하늘이 점점 밝아질 무렵, 걷다보니 사막에 우뚝 선 전봇대가 보였다.

'아, 살았다!'

전봇대가 있다는 건 근처 어딘가 사람이 살고 있다는 의미라고 생각하니 피곤함이 싹 달아났다. 잠시 후 저 멀리 몽골 군인들의 무리가 보였다. 우리 가족은 반가움에 손을 흔들며 소리쳤다.

"아이고~ 살았다. 우리 북한에서 왔어요!"

총을 든 몽골 군인들이 우리말을 못 알아들어서 우리는 "코리아, 코리아" 하며 기쁨의 눈물을 흘렸다.

주구장창 양고기 죽만 끓여줘서 우리가 '양탕굴'이라고 부른 그곳에는 탈북민들이 여기저기 글을 적어놓은 것이 있었는데, 어딘지 익숙한 글씨가 보였다. 가족들을 그리워하는 내용이 적혀 있었는데 아무리 봐도 먼저 북한을 떠난 우리 오빠가 남긴 글로 보였다. 수소문을 해보니 오빠가 그곳을 통과한 게 맞았다. 오빠가 무사히 몽골로 왔다는 사실을 알고 나니 미워했던 마음이 눈 녹듯이 사라지고 그저 감사하기만 했다. 양탕굴에서 보낸 3개월은 정말 다시 떠올리기 싫을 정도로 힘들었다. 먹는 물도 부족하니 목욕은커녕 눈을 녹여 최소한으로 씻어야 했다. 탈북민들이 가끔 큰 소리로 웃으면 몽골 군인들이 북한에 보내버린다거나 총을 겨누며 죽여버리겠다고 위협했다. 강제 노동을 시키기도 하고, 영하 20도의 기온에 여성들에게 족쇄를 채워 야외에 세워놓기도 했다. 나라 없는 설움을 제대로 겪었다. 3개월 정도 지났을까, 우리 가족은 울란바토르로 이동해 드디어 오빠를 만났다.

한국으로 가기 위해 신청을 하고, 면담 등 신원 확인 절차를 거친 뒤 공식적으로 한국에 들어갈 수 있게 되었다. 하루하루가 지옥 같았지만 위장 간첩 혹은 대한민국 국적을 얻으려는 화교나 조선족이 있어 국정원 직원들이 까다롭게 신분을 확인하느라 시간이 오래 걸린다고 하니 그저 믿고 기다리는 수밖에 없었다. 실제로 우리 가족이 있던 양탕굴에서도 조사 결과 조선족으로 밝혀져 입국을 거부당한 사람들도 있었다.

"
니가 왜 거기서 나와?

"

보통 탈북민들은 중국, 동남아를 거쳐 한국으로 간다. 짧게는 한 달 만에 한국으로 가기도 하고 우리 가족처럼 타국에서 6개월 이상 시간을 보내기도 한다. 붙잡혀서 다시 북한으로 끌려가는 경우도 있으니 북송되지 않고 무사히 떠나온 것만 해도 너무 감사하다. 특히 우리처럼 여러 명이 한 번에 성공적으로 탈북한 경우는 매우 드물다. 정말 하늘이 도왔다고 생각한다.

탈북 과정을 겪으면서 솔직히 오빠를 원망한 적도 있다. 북한이 좋았다기보다 현실적으로 탈북은 먼 이야기라고만 생각하고 지내왔는데 덜컥 이렇게 목숨 걸고 고향을 떠나오니 꿈인가 생시인가 싶었다. 그렇게 미워하던 오빠도 타국에서 만나니 어찌나 반갑던지! 부모님과 오빠를 다시 만난 날, 부둥켜안고 울었다. 그리고 오빠 뒤에 있는 한 사람.

"너 서리 맞지? 니가 왜 여기 있어?"

딱친구 서리였다. 알고 보니 부모님이 오빠와 서리의 결혼을 반대하여 사랑과 자유를 찾아 탈북을 결심하게 됐다고 한다. 그런데 우리 가족이 뒤이어 곧바로 북한을 떠나오면서 몽골에서 우리 가족과 서리의 가족이 함께 생활하는 진풍경이 만들어진 것이다. 한국에 와서까지 결혼 승낙이 떨어지지 않아 오빠와 서리는 눈치껏 연애를 이어나가야 했다. 나중에 들으니 서리는 엄마가 연애하지 말라며 휴대폰을 만들어주지 않아 몇 개월간 서로 메일을 주고받았다고 했다.

한국 가면 드라마에 나오는 멋있는 차 태워주겠다고 큰소리치던 오빠는 처음 한국에 와서 막막한 현실에 부딪혀 망개떡 장사를 하기도 했다. 지금도 똑똑히 기억나는 오빠의 하루 수입 7만 원. 누가 폐차시키려는 차를 70만 원에 사서 3년 동안 탔을 정도로 알뜰하게 생활하며 기술을 배운 오빠는 지금 타일 기능사로 인테리어 시공 일을 한다. 물론 지금 두 사람은 결혼해서 행복하게 살고 있다. 만약 오빠와 서리가 사귀지 않았더라면, 부모님이 결혼을 반대하지 않았더라면 우리 가족은 어디에서 어떻게 살고 있을까? 가끔 상상해본다. 모든 것이 운명이었던가 싶기도 하다.

우리 가족 탈북 그 이후

〈이제 만나러 갑니다〉, 〈모란봉 클럽〉 같은 탈북민들이 출연하는 TV 프로그램이 생겨서 얼마나 고마운지 모른다. 내가 출연할 기회를 얻은 것은 둘째 치고 방송 덕분에 탈북민에 대한 한국 국민의 인식이 서서히 달라졌다고 할까? 거기다 유명세를 얻은 탈북민들이 하나둘 유튜브 채널을 만들어 활동하면서 북한의 실상을 알리는 데 큰 역할을 하고 있다. 나도 다른 탈북민들과 함께 TV에 출연할 때면 북한 구석구석에서 일어났던 리얼하고 때로는 참담한 이야기를 들으며 많이도 울었다. 녹화가 끝날 때쯤이면 온몸에 힘이 쭉 빠질 정도로 말이다. 북에서 온 나도 그 정도로 놀랐는데 시청자나 유튜브 구독자들은 오죽할까 싶다. 탈북민들이 저마다 채널을 만들어 정착기를 공유하면서 공개된 정보가 많아질수록 탈북민들끼리도 소통하는 느낌이 들어서 든든하기도 하다. 하진우TV라는 유튜브 채널을 운영하는 탈북민 하진우 씨도 〈모란봉 클럽〉에서 처음 만났다. 북한의 무산군에서 살다 2014년에 탈북했다고 해서 깜짝 놀랐다. 한국에서 만난 귀한 고향 후배!

우리가 탈북한 후에 무산군이 발칵 뒤집힌 이야기는 이미 들어서 알고 있었지만 하진우 씨를 만난 후에 더 세세한 이야기를 직접 들을 수 있었다. 일단 2명 이상 가족 탈북은 북한에서도 가중처벌을 받을 정도로 죄악시되는데 우리 가족처럼 대가족이 탈북한 사례는 드물어서 더욱 동네가 떠들썩했던 것이다. 특히 무산군에서 이름만 대면 아는, 먹고살 만한 간부가 대가족을 데리고 사라졌으니 정부에서는 더 비상이 걸려 인민반장들이 곧바로 주민들에게 자료를 나눠주며 우리 가족을 본 사람은 신고하라고 했단다. 급기야 나중에는 우리 가족이 붙잡혀서 정치범 수용소에 갇혔다는 가짜뉴스를 배포하며 주민들을 겁주었다고 한다. 보위부에서 부모님이 살던 집을 탈탈 털어간 것은 물론이다.

탈북민들은 보통 가명을 사용한다. 북에 있는 가족이나 친척들을 보호하기 위해서이다. 하지만 그렇다고 해서 탈북민들이 무조건 꼭꼭 숨어 있어야만 하는 것은 아니다. 나를 포함하여 요즘 탈북민들은 누구보다도 적극적으로 TV나 유튜브 등의 매체를 통해서 인권 탄압 사례 등 북한의 실상을 널리 알리려고 노력하는 중이다. 그래야만 한국을 비롯해 국제적인 관심이 모이고, 북한의 지옥 같은 현실이 조금이라도 개선될 수 있는 여지가 생길 것이기 때문이다.

남남북녀

'남남북녀'라는 말이 북한에도 있다. 언제부터 쓰였는지는 몰라도 남쪽 남자들이 멋있고, 북쪽으로 갈수록 여자들이 미인이라는 말이 전해져왔나보다. 그런데 남한 사람들을 볼 수가 없으니 북한 안에서 남쪽과 북쪽을 나눠 남쪽으로 갈수록 남자들이 키가 크고 잘생겼으며 북쪽으로 올라갈수록 여자들의 얼굴이 보름달같이 둥글고 예쁘다는 의미로 쓰였다. 함경도에서 온 예쁜 사람을 보면 "남남북녀라더니 너 예쁘다야" 하고 말하는 식이다. 그러다가 언제부턴가 북한 주민들이 몰래 한국 드라마를 보기 시작하면서 역시 '남남북녀'라더니 남한에는 송승헌, 배용준, 권상우 같은 정말 멋진 남자 배우들이 있다면서 북녀들이 '남남'에게 빠져들기 시작했다.

　한국 여자들은 상대적으로 외모가 수수하다는 이미

지가 있었다. 북한 TV에서 가끔 보여주는 한국의 시위 장면 같은 영상을 볼 때 한국 여자들은 대부분 쌍꺼풀이 없고 눈이 작아서 그다지 안 예쁘게 보였던 거다. 북한의 기준으로는 얼굴이 둥글고, 눈이 크며 쌍꺼풀이 있어야 예쁜 얼굴이다. 그러면서 부끄러운 말이지만 당시 나와 비슷한 20대 또래들은 '북녀'라는 자부심도 조금씩 지니고 있었던 것도 사실이다. 탈북한 뒤 한국에 들어가기만을 손꼽아 기다리는 기간 동안 우리가 한국에 가면 '북녀'로서 얼마나 주목받을 것인가에 대해 서로 칭찬하면서 얘기 나눈 적도 있다. "너 정도면 거기 가서 배우도 하겠다, 너도 스타가 되겠는데?" 하며 기대에 부풀었다. 하지만 서울에 오자마자 그런 생각은 금방 사라졌다. 우선 북한과 한국은 예쁜 얼굴에 대한 기준 자체가 다르고, 우리는 얼굴에 기미와 주근깨가 가득한, 그저 수수한 탈북민일 뿐이었다. 서울에는 왜 이렇게 키도 크고 날씬하면서 예쁜 사람들이 많은지, 나를 포함한 '북녀'들은 금방 겸손해질 수밖에 없었다.

하나원을 나오자마자 일을 시작하면서 한국 친구들을 사귀기 시작했는데 북한 여자에 대한 사람들의 편견아닌 편견이 강한 것 같았다. 단순히 외모에 대해 '남남북녀'가 아니라 예를 들면 북한 여자들은 고분고분 순종적이고, 착하고, 효심이 강하다는 이미지가 있는 것 같다. 북한은 1970~1980년대 한국처럼 가부장적인 문화가 강하게 남아 있다. 어릴 때 아버지가 밤늦게 손님을 데리고 오면 엄마가 꼼짝없이 술상을 준비해야 하는 분위기였다.

북한 여성은 심하게 얘기하면 가사 도우미같이 집안일을 해야 하고, 얼마 전까지만 해도 여성은 술을 마실 수도 없었으며, 일상생활 속에서 권위적인 남성의 뜻을 거스르기 어렵다. 그게 문화다. 한국 남성들이 북한 여성들에 대해 환상을 가지듯 북한 여성들도 자상하고 다정한 한국 남성에 대해서 환상을 가지고 있는 것이 사실이다. 처음 한국 드라마를 봤을 때 자상한 남자들의 모습에 얼마나 놀랐는지 모른다. 말투는 물론이고 감정 표현이나 행동 자체에 상대방을 배려하는 모습이 멋져 보였다.

아이를 낳고 키우면서 북한 사회가 얼마나 숨막히는 분위기였는지를 새삼 깨닫는다. 북한 사회도 하루빨리 변해서 국민들의 인권과 행복추구권이 보장되기를 바라는 마음이 간절하다. 탈북민들을 지켜보니 자상한 배우자와 결혼했을 때 결혼생활에 대한 만족도가 높은 것 같다. 특히 아이를 키울 때 남자든 여자든 사람의 본성이 더욱 드러나게 마련인데 남한 남편들은 아이들한테 책을 읽어주거나 놀아줄 때도 한결같이 자상한 모습을 보여주었다. 그럴 때면 북한에서 보낸 내 어린 시절이 문득문득 떠오르기도 했다. 얼마 전, 아이가 자전거를 처음 배우는 모습이 너무나 인상적이었다. 한편으로 부럽기도 했고. 크기가 딱 맞는 어린이 자전거로, 넘어지지 않게 뒤에서 든든하게 붙잡아주는 아빠라니!

나와 오빠는 아빠의 큰 자전거를 새벽에 몰래 가지고 나와 타면서 자전거 타는 법을 배웠다. 무릎이 다 까져서 피가 났지만 그저 자전거가 재밌어서 아픈 줄도 모르고 탔다. 형제, 남매들이 싸울 때도 한국의 부모들은 아이들의 마음에 대해 공감해주려고 노력하는데 북한에서는 그런 분위기가 아니어서 어린 시절, 속상하고 억울했던 기억들이 아직도 마음 한구석에 남아 있다. 가족 구성원을 존중하고, 사랑을 표현하면서 사는 한국 가정의 문화가 너무 마음에 든다. 남남북녀 이야기를 하다가 가족 이야기까지 흘러왔는데, 어쨌든 상대방에 대한 지나친 환상은 깨야 한다. 그저 한국에 넘치는 이 다정함이 북한에도 서서히 가닿기를 바란다.

설국열차와 KTX

내 유튜브 채널을 만든 뒤 좋은 점 중의 하나는 더 다양한 탈북민들과 이야기를 나눌 수 있다는 점이다. 그렇게 북한에 대해서 나눈 이야기들이 하나둘 쌓여 북한의 숨겨진 진실을 세계에 알리고, 한국 사람들이 궁금해하는 북한 구석구석의 민낯을 보여줄 수 있어 보람을 느낀다.

지난번에는 북한에서 열차원으로 일했던 지인이 출연해 북한의 기차 이야기를 들려주었다. 언젠가 유명한 영화 〈설국열차〉를 보았다. 나는 북한의 열차를 떠올리면 바로 그 설국열차가 제일 먼저 떠오른다. 가장 큰 이유는 칸 별로 등급이 극단적으로 나뉘어 있기 때문이다. 한국의 KTX도 특실과 일반실로 나뉘어 있기는 하지만 설국열차처럼 극단적인 구분은 아니다. 북한 열차는 종류마다 조금씩 다르지만 보통 군인들이 타는 칸이 따로 있고, 단속칸, 일반인들이 타는 객차가 있는데, 객차는 의자 하나에 세 명이 같이 앉게 돼 있어 엄청 불편하다. 일반 칸은 지정 좌석제도 아니어서 먼저 앉는 사람이 임자다. 복도에도 자리만 있으면 빽빽하게 서서 탄다. 발디딜 틈이 없다.

속도는 또 어떤가. 북한 열차는 급행이냐 완행이냐에 따라 조금 다르지만 속도가 50km를 넘지 않아서 창밖 풍경이 훤히 다 보인다. 얼마나 느리면 기차를 따라오면서 담배를 파는 상인이 있을 정도다. 장점이라면 최고의 장점이랄까. 그마저도 정전이 되면 꼼짝없이 멈춰 서야 한다. 정전뿐만 아니라 선로가 얼어서 오르막을 못 올라가 올라가다가 미끄러지고, 올라가다가 미끄러지고, 심지어 밤새 멈춰 서는 일도 있어 4시간이면 도착하고도 남을 거리를 하루나 이틀 걸려서 가기도 하는 것이 요즘 북한 기차의 현실이다. 그렇다보니 기차 출발 시간도 제각각이다. 한번 기차를 놓치면 언제 다음 기차가 출발할지 기약이 없다.

북한은 기차표 가격도 천차만별이다. 나라에서 판매하는 기차표가 있고, 매표소에서 표를 판매하는 안내원들이 뒤로 표를 빼돌려서 '야매'로 판매하는 표도 많다.

한마디로 부르는 게 값이다. 기차에서 표를 검열하는 열차원은 성격이 무섭기로 유명하다. 직접 그 일을 했던 지인의 이야기를 들어보니 그럴 수밖에 없는 현실에 가슴이 너무 아팠다. 북한은 표 없이 열차를 타는 부정 탑승이 빈번하다. 달리는 열차에 매달리거나 창문에 걸터앉고, 기차 위에 올라가는 사람들도 있다. 그러다가 고압선에 닿거나, 달리는 기차에서 떨어져 죽기도 한다. 무섭게 해야만 사람들을 안전하게 통제할 수 있으니 열차원들은 더 우악스러워지고……. 북한의 열차원은 한국식으로 말하자면 '극한 직업'인 셈이다.

KTX를 처음 탔을 때가 생각난다. 종이 티켓도 없고, 아무도 차표 검열을 하지 않아서 의아했던 기차. 북한은 아무리 사람이 빽빽하게 타고 있어도 악착같이 기차표 검열을 하는데 말이다. 승무원은 분주하게 왔다 갔다 하기만 했던 기차. 알고 보니 승무원이 사람이 앉은 자리와 빈자리를 다 체크하고 있어서 한번 더 놀랐던 기차. 너무 빨라서 창밖 풍경이 희미하게만 보이던 기차. 의자가 1인용으로 구분되어 있고, 깨끗하고 사람들이 조용해서 놀랐던 기차. 훗날 통일이 되면 KTX가 러시아나 내친김에 유럽까지 달릴 날이 올지도 모르겠다.

"
자기, 누나, 언니, 사모님

"

'자기, 언니, 누나, 어머니, 사모님, 강사님, 고객님'

최근에 내가 들은 호칭들이다. 탈북민들이 한국에 정착할 때 어려워하는 것 중의 하나가 호칭이다. 북한은 심플하다. 나와 비슷하거나 나이가 아래면 동무, 나보다 위면 동지라고 부른다. 직급이 있으면 '과장 동지, 작업반장 동무' 그런 식으로 직급 뒤에 동무나 동지를 붙이면 그만이다.

그런데 처음 한국에 왔을 때 식당에서부터 난관에 부딪혔다. 식당 종업원을 부를 때 한국 사람들을 보면 사장님이라고 했다가 이모님, 아줌마, 여기요, 저기요 등 참 다양하게도 불렀다. 나를 포함한 탈북민들은 열이면 열, 그들을 뭐라고 부를지 몰라 주저주저 망설였던 것이다. 나처럼 소심한 사람은 더더욱 그럴 수밖에.

"누나, 오늘 사과 진짜 맛있어요!"

동네 과일 트럭 사장님은 한눈에도 나보다 훨씬 나이가 많아 보였는데 나한테 계속 누나라고 불러서 혼란스러웠다. 부끄러워서 초반에는 가만히 듣고만 있다가 며칠 후 용기 내서 얘기했다.

"사장님, 제가 더 어린 것 같은데 왜 저보고 누나라고 하세요?"

"아이, 그냥 친근하게 부르는 거죠."

"저는 누나 싫어요."

그랬더니 다음부터는 나한테 사모님이라고 부르셨다. 사모님이라는 말은 더 싫은데……. 혹 떼려다가 하나 더 붙였다. 지금이야 웃으며 넘기지만 정착 초기에는 나보다 나이 많은 사람이 나한테 언니나 누나, 때로 사모님이라고 부르는 것이 무지하게 듣기 부담스러웠다. 특히 북한에서 사모님이라는 호칭은 영화에서나 들을 법한 말이라 더 그랬다. 결혼 준비를 하면서 가족들 간의 호칭도 알면 알수록 어려웠다. 엄마가 예비 시어머니를 만나기 전에 어떻게 불러야 할지 고민에 빠졌다. 마침 드라마에서 본 장면이 생각났던 엄마는 한동안 집에서 '사부인'이라는 단어를 몇 번이고 연습하셨다는 웃지 못할 이야기.

언젠가 내 유튜브 채널에서도 호칭에 관해 얘기 나눈 적이 있다. 그때 나왔던 호칭에 대한 탈북민들의 웃지 못할 에피소드가 몇 가지 있는데, '주임'이라는 직급을 몰라 '주인님'이라고 부른 얘기, 대표님과 친해지고 싶어서 동네 엄마들이 부르는 것처럼 대표님을 'ㅇㅇ엄마'라고 불러서 혼났던 얘기, 자기도 모르게 동무나 동지라는 말이 튀어나와서 뜻하지 않게 탈북민이라는 사실이 밝혀진 얘기 등 탈북민이라면 누구에게나 웃지 못할 사연들이 한두 가지씩은 다 있는 것 같다. 혹시라도 탈북민이 대표이사를 '이사님'이라고 부르거나 회장을 '사장님'이라고 부르거나 주임을 '주인님'이라고 부르면 익숙하지 않아서 그런 거니 부디 너그럽게 이해해주시기를.

울고 웃는 병원

"도대체 맹장은 언제 찾습네까? 수술 좀 빨리 끝내주십시오."

흔히 말하는 맹장 수술을 나는 북한에서 했다. 정확하게 말하면 충수염이라는 병인데, 맹장을 잘라내는 수술을 받아야 한다. 북한은 보통 맹장 수술할 때 전신 마취가 아닌 국소마취를 한다. 의료진들이 하는 말이 다 들린다는 말이다. 개복을 해서 의사들이 나의 맹장을 막 찾고 있는 와중에 정전이 됐다. 설마설마했던 일이 일어나 버린 것이다. 아프고 힘들다고 소리를 지르면 출혈만 더 심해질 테니 그러지도 못하고 수술을 빨리 끝내 달라고 말할 수밖에 없었다. 나중에 들은 얘기로는 환자가 수술 중에 또박또박 말을 하니 의사도 조금 놀랐다고 한다. 그야말로 나는 수술복도 안 입고 내 옷을 입은 채로 수술

부위에 국소마취 주사만 맞은 채 맨정신으로 장기를 잡아당기는 느낌을 느끼며 전쟁터에서 수술받는 심정으로 무사히 수술을 끝냈다.

한국에 와서 더 끔찍한 이야기를 들었다. 북한의 시골 병원에서는 마취를 하지 않고 충수염 개복 수술을 하는 경우도 있다고 한다. 너무 아파서 수술을 받다가 기절하는 사람들도 있고. 북한의 의료 현실이 이렇게 참담하다. 이쯤 되면 병원에서 사람을 살리겠다는 건지 죽이려는 건지 모르겠다는 말이 나올 수밖에.

한번은 아이가 다섯 살 때 배가 너무 아프대서 좀 큰 병원으로 갔다. 가벼운 것이기를 바랐는데 충수염이었다. 내가 맹장 수술 트라우마에 시달리는 사이 이게 웬걸, 30여 분 만에 수술이 끝났고, 수술 자국은 구멍 하나가 전부였다. 한국에서 맹장 수술은 수술 축에도 끼지 못한다고 했다.

"네? 벌써 끝났다고요? 아이고, 감사합니다."

병원 이야기는 더 있다. 건강검진 얘기를 안 할 수가 없는데, 북한은 건강 관리나 건강검진이라는 말과는 아예 담을 쌓고 사는 나라다. 간부들이나 진료를 볼까, 일반 주민들은 아플 때도 병원 근처에 가기도 힘든데 아프지도 않은 상태에서 미리 무슨 검진을 받겠는가. 그래서 그런지 한국에 와서도 부모님은 한사코 건강검진을 거부하셨다. 아니, 병원 가기를 싫어하셔서 버티다가 사돈의 차로 강제로 병원에 가신 적이 있을 정도다. 부모님이 건강검진을 받기 시작하신 게 2015년 무렵이니까 우리 가족이 2007년에 한국에 온 뒤로도 한참 시간이 흐른 뒤였다.

건강에 이상이 생긴 뒤에야 원인을 찾기 위해 검진을 받으신 것이다. 다행히 암 같은 무서운 병은 아니었고, 엄마는 대장 내시경에서 선종을 발견해 제거했다. 제거하지 않으면 암세포로 변할 수 있다고 하니 그제야 부모님은 건강검진의 중요성과 필요성을 깊이 깨달으신 눈치였다. 한국의 의료 시스템에 대한 칭찬은 말할 것도 없었고. 북한에서 국소마취로 맹장 수술을 받은 뒤로 나도 병원에 대한 기억이 썩 좋지는 않다. 하지만 출산을 경험하고, 한국에서 수면 위내시경을 하고, 아픈 아이들을 케어하면서 한국의 병원과 사랑에 빠졌다. 탈북민 중에도 가끔 의료인으로 활동하는 분들이 있다. 북한에서 열탕 소독해서 여러 번 사용하던 주사기를 한국에서는 멸균 일회용 주사기로 쓴다는 것, 주사기를 재사용하면

처벌받는다는 것, 로봇 수술하는 장면을 직접 보니 정말 신기했다는 이야기도 들었다. 살면서 병원에 갈 일은 없을수록 좋겠지만 아플 때 언제든지 갈 수 있는 병원이 가까이 있다는 것, 정말 든든하지 않을 수 없다.

얼마 전, 피부과 레이저 시술을 받을 때 좀 아프다는 설명을 들으면서도 "저 국소마취로 맹장 수술 받은 사람이에요!" 하며 호기롭게 수면 마취를 거부하고 시술을 받았다가 후회한 적이 있다. 정말 너무 아팠다. 마취라는 의술이 괜히 있는 게 아니라는 걸 새삼 깨달았다.

66
100% 찬성이라는 선거

99

한국에서 참여한 첫 선거를 기억한다. 때는 2007년. 선거를 앞두고 동네 곳곳에 후보들의 얼굴이 나오는 선거 포스터가 붙어서 놀라고, 집으로 후보들의 공약집이 와서 또 한번 놀랐다. 사실은 당도 종류가 많고, 후보가 너무 많아서 또 화들짝 놀랐다. 그야말로 놀라움의 연속이었다.

인민반장 역할을 오래 한 엄마는 선거일이면 더 바빴다. 한복을 곱게 입고 투표소에 일을 하러 나갔다. 북한도 선거를 하기는 한다. 5년에 한 번씩, 도 대의원, 시 대의원, 군 대의원을 뽑는다. 하나의 선거구에 언제나 후보는 한 명이다. 찬성과 반대가 있을 뿐이다. 비밀 투표? 칸막이? 그런 것은 없다. 각자 표시를 한 뒤 준비된 두 개의 투표함, 찬성 투표함이나 반대 투표함에 직접 넣는 방식이다. 심지어 투표소에 붙어 있는 선거 포스터에는 '모두 다 찬성 투표하자!'라고 노골적으로 적어놨다. 북한에서는 한복과 양복을 입고 투표소에 가야 하며, 특별한 이유 없이 투표를 하지 않으면 반역자 못지않게 엄중한 처벌을 받는다. 투표장으로 직접 오기 힘든 노인이나 장애인이 있으면 인민반장 등 관계자들이 이동 선거함을 들고 직접 집으로 찾아가서 참여하게 한다. 그렇게 떠들썩한 투표가 끝나면 중앙 방송에서는 그날 잠깐 전기를 공급하여 TV로 뉴스를 보여준다.

"이번 선거 결과가 100프로 찬성으로 나왔습니다."

국제 사회에서 조롱을 받기도 하는 북한의 선거만 경험하다가 한국에서 제대로 된 선거를 직접 해보니 정말 신세계였다. 한국은 투표에 참여하는 것도 국민 개개인의 선택이지만 나는 2007년부터 부모님과 함께 꼭 선거에 참여하고 있다. 칸막이로 나뉘어 있는 투표소에 가면 시험을 보는 것처럼 떨리기도 한다. 선거가 끝나고 나면 저녁에 곧바로 개표 방송을 해주는데 그걸 보는 재미도 쏠쏠하다. 무슨 스포츠 경기를 보는 것처럼 내가 뽑은 후보가 표를 많이 얻으면 기분 좋고, 그 후보를 응원하는 맛도 있다. 실시간으로 투명하게 개표하는 시스템은 언제봐도 신기할 따름이다. 왜 선거를 민주주의의 꽃이라고 하는지 한국에 와서 가슴 깊이 알게 되었다. 다음 선거일에도 아이들과 함께 투표하러 가야겠다.

" 담배공화국

"

북한은 담배공화국이다. 여자가 담배를 피우면 안 좋은 이미지가 강하지만 남자들은 집안에서든 밖에서든 담배를 엄청 당당하게 피운다. 집집마다 집안에 재떨이가 기본으로 있고, 손님이 오면 재떨이를 먼저 내놓는 것이 예의이며, 재떨이를 깨끗하게 유지하는 것이 여성들의 역할 중의 하나고, 도자기로 된 좋은 재떨이가 자랑거리인 나라다. 기차나 버스 안에서도 자유롭게 담배를 피우다 보니 항상 연기가 가득차 있고, 비싼 담배일수록 자랑하듯이 꺼내 피우는 분위기가 있다. 집안의 벽지가 누렇게 변하기 일쑤고 가족들은 담배 연기에 시달린다. 한국도 몇십 년 전까지만 해도 집안이나 비행기에서도 담배를 피웠다고 하던데 지금 두 나라의 모습은 너무나도 다르다.

한국에 오고 나서 나는 매일 숨쉬기가 편하다. 미세먼지가 심한 날도 있기는 하지만 평소 담배 연기를 안 맡고 사니 정말 행복하다. 혹시라도 길에서 담배 피우는 사람을 마주치면 그 사람이 내 눈치를 보며 피하기까지 해서 놀랍기도 하고 고맙기도 했다. 편의점마다 담배가 한가득이고 사가는 사람도 꽤 보이던데 다들 어디에서 담배를 피우는지, 곳곳에 정해진 흡연 구역이 있다는 것도 신기하고, 그걸 지키는 시민 의식이 멋지다.

북한도 금연 캠페인을 하기는 한다. 하지만 정작 김정일, 김정은 부자도 대단한 흡연가이며, 심지어 김정은은 한국의 어린이집 같은 북한의 탁아소에 방문해서도 아이들 앞에서 담배를 피우는 모습이 뉴스에 나오기도 했다. 얼마 전에는 딸 앞에서 담배 피우는 모습이 뉴스에 나와 국제적으로 맹비난을 받기도 했다. 그만큼 북한은 상식이라고는 없는 나라다. 더구나 한국 담배는 기둥이 얇기도 하던데 북한 담배는 더 독한지 담배를 쥔 남자들의 손톱이 누렇게 변할 정도다. 담배의 중독성이 얼마나 심각한지는 친정아버지를 보면서도 느낀다. 아버지는 한국에 도착했을 때보다는 건강을 생각해서 담배를 많이 줄였다며 자랑하시지만, 금연은 여러 번 시도했음에도 계속 실패하셔서서 안타깝다. 뇌경색 때문에 한동안 고생하셨는데도 아직 담배를 못 끊으시니 가족들은 애가 탄다. 담배는 정말 무섭다.

" 못되게 생겼구나야 "

탈북민들은 한국에 와서 우선 말이 통하니 편안함을 느낀다. 하지만 일을 하거나 일상생활을 할 때 단순히 억양뿐만이 아니라 쓰는 말의 뜻이 묘하게 달라서 오해를 받기도 하고, 소통에 어려움을 겪기도 한다. 예를 들면 예쁜 아기를 봤을 때 "어머, 너 못되게 생겼구나야" 하면 한국 사람들의 표정이 확 굳어버린다. 예쁘다는 뜻인데 나쁜 의미로 받아들이는 것이다. 탈북민 지인 중에는 난처하다는 뜻으로 따분하다는 말을 썼는데 상대방이 한국에서 쓰는 대로 지루하다는 의미로 받아들여 곤란했던 적이 있었다고 했다. 북한말로 '일없습니다'라는 말은 '괜찮아요'라는 뜻이다. 누가 뭔가를 권했을 때 부드럽게 거절하는 의미로 쓰인다. 그런데 '일없습니다'라는 말을 듣고 거절당해서 기분이 상했다고 느끼는 한국 사람들이 많은 것 같다.

나처럼 젊을 때 한국으로 온 탈북민들은 자연스럽게 한국 사람들과 어울리며 살아 있는 한국말을 배우고, 한국의 언어문화에 점차 스며드는데 어르신들은 말을 고치기 어려워하신다. 당장 우리 부모님만 봐도 그렇다. 탈북민들은 다른 사람을 부를 때 이름 뒤에 '씨'를 붙이면 무지 어색해한다. '씨'를 붙이면 타인을 낮춰 부르는 것이라는 인식이 깔려 있어서 더 그런 것 같다. 북한에서는 어떤 직업이든 '질'이라는 단어를 잘 붙이는 편인데 예를 들어 선생님으로 일한다는 말도 '선생질 한다', 공무원이라는 말도 '공무원질 한다'라고 말한다. 한국에서는 결코 곱게 들리지 않는 표현이라 오해를 사는 것이다.

그리고 미안하다거나 죄송하다는 표현도 북한에서는 잘 쓰지 않는 말이라서 탈북민들이 그 말을 자연스럽게 쓰기까지는 시간이 꽤 걸리는 편이다. 반면 북한에서는 '잘못했습니다. 용서해주십시오' 이런 말을 흔히 쓴다. 한국에서는 일상생활 속에서 거의 쓸 일이 없는 말이다.

언어는 한 나라의 문화를 투명하게 보여준다. 도로나 곳곳에 적힌 안내문을 봐도 그렇다. 한국의 고속도로를 달리다 보이는 '졸리면 제발 쉬어 가세요, 멈추세요, 안전벨트를 매세요, 왼쪽으로 돌아가세요' 이런 말에는 다정함이 묻어난다. 반면 북한의 표지판이나 포스터에는 '섯' 또는 무서운 그림과 함께 '동무는 오늘 전투 계획을 수행하셨는가?' 이런 경직된, 명령조의 말이 담겨 있다. 북한의 비행기 안내문도 딱딱하기로 유명하다. 비상문에는 이렇게 적혀 있다. '이 구역을 도끼로 까시오.'

가끔 급하거나 흥분할 때면 나도 모르게 북한식 말투가 튀어나올 때가 있다. 어느 날 막내가 겁을 먹은 얼굴로 말했다. 그날은 화가 나는 상황이 아니라 일상적인 말을 하고 있었다.

"엄마, 화났어? 그렇게 말하면 무서워."

그때 정신이 번쩍 들었다. 화난 상태가 아닌데 아이는 그렇게 받아들일 수도 있겠다는 생각에 놀랐다. 북한의 말투와 언어로부터 완전히 벗어나려면 시간이 더 걸릴 모양이다.

"

통일 안보 교육 강사 한서희

"

국방부에서 안보 강사를 해보지 않겠느냐는 제안을 받았을 때, 처음에는 손사래를 쳤다. 무대에서 노래를 많이 했지만 강연이라는 것은 해본 적이 없으니 두려울 수밖에. 시간이 흐른 뒤 다시 제안을 받은 2010년 무렵, 선배들에게 배우면서 하면 된다는 이야기에 용기를 내어 안보 강사로 활동을 시작했다. 주말 예식장 뷔페에서 종일 연기 마시며 양념갈비를 굽던 눈물 나는 아르바이트와 회사생활에 지쳐갈 때쯤, 사회에서 수많은 편견과 맞서느라 지친 영향도 있었을 것이다. 북한에 관한 이야기라면 내가 누구보다도 잘할 수 있는 일이니 안보 강사란 탈북민들에게는 맞춤 일자리가 아니겠는가.

인생 첫 강의를 하던 날, 하필 그날따라 휴가를 나간 군인들이 많아서 20여 명이 조촐하게 모여 있었다. 하필

이라고 표현한 이유는 인원이 적으면 더 좋을 줄 알았는데 오히려 올망졸망 가까이 앉아 있으니 더 부담스러웠기 때문이다. 어릴 때부터 무대 경험이 많았음에도 불구하고 얼굴이 빨개져서는 외워온 걸 줄줄 말하기 바빴다. 더하고 뺄 것도 없이 북한에서 보고, 듣고, 경험한 것을 있는 그대로 얘기했다. 안보 교육이 끝나면 바로 참가자들이 강의 평가를 하는데 첫 강의에서 다들 감사하게도 점수를 후하게 주셔서 얼마나 큰 용기를 얻었는지 모른다. 힘들게 준비한 보람이 있었고, 덕분에 이후에도 계속 전국을 구석구석 누비며 안보 강사로 활동할 수 있었다. 컴퓨터 학원에서 배운 대로 PPT 자료도 만들고, 안보 강사 선배들에게 배우고, 나름대로 강의 스킬을 연구하며 점차 강의 노하우를 쌓아나갔다.

어릴 때 나는 남한의 군인들은 돈에 팔린 노예 군대, 싸움도 못하는 군대라고 배웠다. 싸우면 무조건 북한이 이긴다고 세뇌당했다. 한 나라의 군사력은 각종 무기나 장비, 병력에 따라 달라지니 단순한 비교는 힘들겠지만 한국에 와보니 확실히 군인들이 차이가 났다. 전국 각지의 군부대를 직접 다니면서 본 군인들은 그렇게 늠름하고 건강해 보일 수가 없었다. 키 작고, 까맣고, 깡마른 북한의 군인들은 비할 바가 아니었다. 북한은 10년간 군대에서 강제 복무해야 하는데 나라에서 주는 것이 부실하니 군인들이 민가에 내려와 먹을 것이며 물건들을 많이 훔쳐 간다. 오죽하면 군인을 '인민들을 갉아먹는 산적'이라고까지 부르겠는가. 거기다 군인들은 직접 두만강에서 비누도 없이 군복을 손으로 빨아서 입는다. 북한 군인들을 생각하면 정말 마음이 아프다.

내가 안보 교육 강사로 활동할 때만 해도 군부대에서 밥도 가끔 먹었다. 취사병이 따로 있다는 것, 밥과 맛있는 반찬이 풍족하고, 고기반찬이 하루에 한 번 이상 꼭 나오는 것을 보고 놀랐다. PX라는 군대 매점에서 냉동 피자며 초코파이 같은 먹을거리나 생필품을 다양하게 팔아서 또 한번 눈이 휘둥그레졌다. 이야기를 들으니 한국의 군인들은 선크림도 챙겨 바른다고.

안보 교육 강사로 활동하면서 점차 사람들 앞에서 말하는 일에 자신감이 붙을 즈음 방송 출연 제의를 받았다. 탈북 초기에도 방송 출연 요청을 받은 적이 있지만 당시는 거절하기 바빴는데 이번에는 탈북민들이 출연하는 새로운 형식의 방송이라고 했다. 남한살이에서 나에게 가장 큰 영향을 준 방송, 〈이제 만나러 갑니다〉와의 인연이 그때 시작되었다. 첫 안보 교육에서 벌벌 떠는 나에게 진심어린 박수를 보내주고, 내 이야기에 귀를 기울여준 분들에게 정말 고맙다. 소심한 성격이던 내가 그날의 첫 도전에 힘을 얻어 사람들 앞에서 말을 하고, 방송 출연 용기까지 낼 수 있었으니 말이다.

안보 강사로 활동하면서 정말 다양한 연령대와 다양한 직업군을 만났다. 대부분 내 이야기에 귀를 기울여주시지만 강의하기 어려웠던 순간들도 있기는 하다. 먼저 초등학교 저학년 아이들이다.

"어린이 여러분~ 우리나라와 북한은 원래 하나의 나라였어요. 북한이라는 곳 알아요?"

"몰라요."

"저는 북한이라는 곳에서 왔어요."

"선생님~ 그럼 그 바지 북한에서 입고 온 옷이에요?"

이렇게 해맑은 아이들 앞에서 진땀을 흘려본 안보 강사들이 나뿐만은 아닐 것이다. 아니, 많을 것 같다. 책을 아주 많이 읽지 않은 이상 어린아이들은 북한이나 한민족, 전쟁, 통일에 대해서 아예 관심이 없고, 아는 것이

별로 없다보니 통일 교육하기가 너무 어려웠다. 그래도 사명감을 갖고 북한이라는 나라에 대해 최대한 쉽고 친절하게 이야기를 해주려고 노력했는데, 나한테 통일 교육을 받은 어린이들이 얼마나 그 시간을 기억해줄지는 모르겠다.

그다음으로 어려운 교육 상대는 의무적으로 안보 강의를 꼭 들어야 하는 직업군에 속한 분들이다. 대부분 피곤함이 가득한 얼굴로 강의실에 들어오시는데, 강의가 익숙하지 않을 때는 매뉴얼대로만 강의를 했더니 꾸벅꾸벅 조는 분들이 많았다. 그럴 때면 나도 속상하고, 그분들도 기억에 남는 내용이 없으니 문제였다. 경험치가 쌓일수록 나도 유튜브로 다른 유명한 강사들의 강의를 찾아보면서 조금 더 재미있게 강의를 하려고 웃음 포인트를 연구하기 시작했다. 다른 일을 하다가도 갑자기 아이디어가 생각이 나면 메모까지 해가면서 내가 안보 강사인가, 웃음 치료사인가 싶을 만큼 '웃음 포인트'에 집중하기도 했다. 그러려면 원래 차분하고 진지한 성격인 내가 먼저 변해야 했다. 그렇게 느리더라도 조금씩 강의를 업그레이드해나갔다.

다음은 어느 경로당에서 했던 강의가 기억에 남는

다. 하루에도 2~3회 강의를 할 때는 목이 아파서 핸드 마이크를 가지고 다니면서 사용했다. 그날도 마이크를 들고 시작했다.

"안녕하세요, 한서희입니다."

그런데 갑자기 어르신들이 난리가 났다.

"아유~ 마이크 꺼, 마이크!"

알고 보니 보청기를 낀 분들 앞에서는 마이크를 사용하면 마이크 때문에 아주 듣기 싫은 소리가 전해진다고 했다. 그런 정보 하나 없이 경로당에서 갔으니 내 경험 부족, 준비 부족이 문제였다. 그날 마이크 없이 강의를 하니 청력이 좋지 않은 어르신들에게 내용 전달이 어려웠다. 최대한 큰 목소리로 말해야 했던 날이었다.

반면 대학생이나 군대의 신병들을 대상으로 안보 강의를 할 때 참석자들의 리액션이 가장 좋다. 그럴 때는 나도 에너지가 넘쳐서 정해진 시간보다 10~20분 지나서까지 강의를 하곤 했는데, 나중에야 알았다. 대한민국에서는 정해진 시간보다 조금 일찍 강의를 끝마치는 강사가 최고의 강사라는 것을 말이다. 그런데 알면서도 잘 안 된다. 북한에서 당한 억울함, 북한 인권 문제의 심각성에 대해 얘기하다보면 내가 흥분해서 지금도 시간을 오버

하게 된다.

안보 강의를 다니다가 폭설 때문에 고생했던 적도 있다. 차에 있는 내비게이션보다 다른 내비게이션 앱을 이용하는 편이었는데 그날도 강의가 끝나고 경기도 양주에서 집으로 오는 길에 앱이 안내해준 길이 지름길이라 믿고 운전을 했다. 그런데 가다보니까 날은 어둑해지고 주변에 차가 한 대도 보이지 않았다. 설상가상으로 눈이 너무 많이 와서 차가 뒤로 미끄러지는 거다. 하필 체인도 없었다. 오른쪽은 낭떠러지고 왼쪽은 산이었다. 너무 막막하고 무서웠다. 울면서 가족들한테 전화를 걸어도 다들 바쁜지 받지 않았다. 결국 119 구조대에 전화를 걸었다. 올라갈 수도 내려갈 수도 없다고 하니 20분 정도 후에 구급대원들이 오셨다. 눈을 좀 치우고, 낭떠러지를 피해 아슬아슬 차를 돌려 겨우 눈 쌓인 산을 내려와 무사히 집으로 돌아올 수 있었다. 지름길이라고 무조건 다가 아니라는 것, 겨울철에는 월동 장비를 챙겨서 다녀야 한다는 것을 배웠다. 한국의 119 구조대 시스템이 얼마나 훌륭하고 감사한지도 깊이 깨달은 날이기도 했다. 그날 경기도 양주에서 오후 5시에 출발해 산을 헤매다 서울 집에 도착하니 밤 11시였다.

미국에서도 안보 강의를 한 적이 있다. 북한에서 국민들에게 적대국으로 엄청나게 세뇌시키는 나라인 미국에 직접 가서 시카고 한인들을 대상으로 강의할 기회가 있어 탈북민들이 여러 명 함께 갔다. 한인들 중에는 실향민들도 계시고, 그래서인지 누구보다도 통일을 바라는 마음이 간절해 보였다. 그럴 때면 더 진심을 담아 강의를 하게 된다. 강의가 끝난 뒤 우리에게 하나라도 더 챙겨주려고 하시는 그분들의 모습에 감동을 받고 마음이 따뜻해져서 돌아왔다.

강의를 다니면서 공통적으로 받는 질문들이 있다. 가장 많이 받는 질문은 왜 북한에서 탈출했느냐는 것, 탈북 스토리를 가장 궁금해하신다. 그리고 평양에서 살다 왔다고 말하면 평양 사람들은 잘 먹고 잘산다던데 왜 목숨을 걸면서까지 탈북했느냐고 물으신다. 탈북민들의 사연은 제각각이겠지만 시대 변화에 따라 탈북 이유가 달라지는 면이 있다. 예를 들어 고난의 행군 시기라고 부르는 1990년대의 탈북민들은 정말 경제난으로, 먹을 것이 없어서 굶주리다못해 북한을 떠나 중국을 거쳐 한국으로 온 경우가 대부분이었다. 2000년대 이후에는 생계형 탈북보다는 먼저 탈북해서 자리를 잡은 사람들이 북한의 가족들을 데려오는 경우가 많았다. 그리고 정치적인 이유로 탈북하는 사례도 늘어났다. 말 한마디를 잘못해서 수용소에 끌려가거나 가족 중 누군가 탈북했을 경우 이후에 받을 처벌이 두려워 따라서 탈북을 선택하는 것이다. 우리 가족도 그런 경우였다.

그리고 북한에서도 연애를 하느냐, 북한에서는 결혼식을 어떻게 하는지도 많이들 궁금해하신다. 당연히 북한도 사람 사는 곳이니 연애를 한다. 심지어 북한의 청소년들도 몰래 연애하기는 한다. 하지만 공개 연애를 한다면 결혼할 각오를 하고 연애를 해야 한다. 보통 태어나서 죽을 때까지 한 동네에서 살아가는 북한에서는 만약 연애하다가 헤어지면 타격이 크다. 연애 사실도, 헤어졌다는 사실도 온 동네에 소문이 나서 공개 비판을 받는 등 힘들어진다. 그래서 연애도 아주 신중하게 해야 하는 것이다. 요즘은 분위기가 좀 달라졌을지 모르겠는데 내가 어릴 때는 그랬다.

또 진짜 전쟁이 일어날 것 같은지, 전쟁이 나면 국민들은 어떻게 해야 하냐, 전쟁이 나면 어느 나라가 이길 것 같냐, 언제쯤 통일이 되겠냐, 한국과 북한이 축구 경기를 하면 어느 나라를 응원할 거냐, 한국에 와서 가장 좋은 점은 뭐냐는 질문도 종종 받는다.

　가끔은 외신과 인터뷰를 할 때 느끼는 온도와 한국에서 안보 강의를 할 때 느끼는 온도 차이가 너무 커서 혼란스러울 때도 있다. 세계적으로 관심을 한 몸에 받고 있는 '불안한' 분단국가임에도 불구하고 우리는 너무나 평화롭기만 한 것이 아닌가 싶을 때가 있는 것이다. 북한이나 통일에 대한 관심이 점점 줄어들고 있는 요즘, 나라의 발전이나 우리의 미래 세대를 위해서라도 더욱더 통일에 관심을 갖고 통일 안보 의식을 키워야 하지 않을까 생각한다. 지금의 행복을 누리되 현재 상황을 안일하게 여겨서는 안 된다는 말이다. 처음에 통일을 왜 해야 하느냐고 생각하던 사람들이 내 강의를 들은 후에 통일에 대한 인식을 조금씩 바꾸는 것을 보면 안보 강사로서 큰 보람을 느낀다. 자유민주주의 방식의 통일이야말로 우리가 평화롭게 살 수 있는 길이라는 것을 다시금 강조하고 싶다.

고속도로와 휴게소

통일 안보 강사로 활동할 때 운전을 정말 실컷 했다. 강의를 제일 많이 했을 때는 1년에 500회 이상 한 적도 있다. 안보 강사가 지금처럼 많지 않을 때였다. 강원도에서 부산까지, 군부대를 직접 찾아다니느라 싫든 좋든 운전을 해야만 했다. 여담이자 자랑이지만 10년 넘게 강의를 하면서 단 한 번도 강의에 지각을 한 적이 없다. 타고난 성격도 있겠고, 교통 여건이 나쁜 북한에서부터 몸에 밴 시간에 대한 강박 때문일 것이다. 그래서 강의를 하러 가거나 기차를 탈 일이 있으면 1~2시간 전에 도착한다는 계획으로 여유 있게 출발한다. 나를 보기 위해 기다리는 분들이 있는데 내가 늦으면 안 된다는 생각, 그리고 언제, 어떤 돌발상황이 생길지 모르기 때문에 항상 여유 있게 도착해서 기다려야 내 마음이 편하다. 실제로 고속도로에서 두 번이나 타이어 펑크가 나서 고생한 적이 있다. 한번은 보험회사에서 출동해 보조 타이어로 바꿔 끼웠고, 한번은 마침 근처에 타이어 가게가 있어서 다행히 문제를 해결할 수 있었다.

다시 운전 얘기로 돌아가자면, 사실 처음 운전을 배울 때 로망이 있었다. 그중 하나는 영화에서만 보던 고속도로 질주, 그리고 한국 드라마에서 보던 빨간 자동차가 갖고 싶었다. 초보운전 시기에는 까만 중고차를 사서 긴장한 상태로 고속도로를 달렸다. 평평하게 포장된 도로, 조용하고 고장도 잘 나지 않는 자동차에 감탄하면서 말이다. 톨게이트를 통과할 때 줄이 짧은 곳으로 쌩~ 하고 빠져나왔더니 신호가 울렸다. 하이패스 카드도 없이 하이패스 톨게이트를 통과한 거다. 하이패스가 뭔지도 모르던 병아리 한국인 시절의 이야기.

북한에도 쭉 뻗은 고속도로가 있다. 그런데 상상하기 힘들겠지만 내가 어릴 때만 하더라도 북한의 도로에는 휴게소라는 것이 없었다. 휴게소가 없다는 말은 화장실이 도로에 없다는 말이다. 차를 타고 가다가 갑자기 화장실에 가고 싶으면 어떻게 하냐고? 남녀노소 할 것 없이 길에 차를 세워놓고 볼일을 봐야 했다. 북한의 도로에는 휴게소가 아닌 검문소가 많다. 검문소에 도착하면 차에 탄 사람들이 일단 다 내려야 한다. 짐과 여행 증명서를 확인한다. 한국 같은 좋은 버스가 아니라 작은 차에 꾸역꾸역 끼어서 타거나 트럭 뒤에 빼곡하게 타서 이동하는 거라 그야말로 검문소 풍경은 아수라장 같다.

한국에서 처음 가본 휴게소는 천국이었다. 어느 휴게소였는지 이름도 기억나지 않지만 건물도 으리으리하고 맛있는 냄새가 솔솔 풍겨오니 그저 차를 타고 가다가 잠깐 쉬기에는 아쉽다는 생각까지 들었다. 안보 강연을 하고 돌아오면서 어떤 휴게소에서는 두 시간이나 즐기다가 오기도 했다. 아! 그리고 한국 휴게소는 쇼핑의 천국이기도 하다. 예전에 안마 의자 체험하는 곳이 있었는데, 열심히 설명해주시는 점원에게 안 살 거라고 여러 번 얘기했지만 직접 앉아본 뒤에 좋아서 결국 사 왔다는 이야기. 사실 북한은 가게에서 옷을 입어보거나 하면 꼭 사야 하는 분위기가 있다. 한국에서는 부담 없이 체험해보고 안 사도 되지만 괜히 내가 미안해서 그런 식으로 휴게소에서 작은 안마 기기들을 몇 개 사 왔다. 다행히 효과는 좋아서 아직 잘 쓰고 있다.

휴게소를 떠올리면 아찔한 기억이 하나 떠오른다.

7년쯤 전, 일행들과 고속버스를 타고 전라도 어느 지역으로 안보 강의를 하러 가던 날이었다. 원래 KTX 같은 대중교통을 이용할 때는 물을 아예 안 마실 정도로 화장실 트라우마가 있다. 북한의 기차 화장실은 상상을 초월할 정도로 지저분하고 냄새가 심해서 그때부터 아예 안 먹고 참는 게 습관이 됐다. 하지만 그날은 휴게소에 도착하자마자 화장실이 급해서 어쩔 수 없이 후다닥 내렸다가 다시 버스를 타려고 하는데 세상에! 버스가 다 똑같이 생겼다. 머리가 하얘졌다. 버스 차 번호를 미리 체크하지 못한 내 실수였다. 우왕좌왕하는 사이 어떤 버스는 막 출발하고 있고, 나는 뛰어가서 타야 하나 어째야 하나, 이러지도 저러지도 못하고 말 그대로 '멘붕'이었다. 다행히 휴대폰을 들고 있어서 일행에게 전화를 걸어 무사히 버스를 찾을 수 있었다. 만약 내가 폰을 들고 있지 않았다면, 일행이 없었더라면 어땠을까? 생각만 해도 정말 아찔한 기억이다. 그날 올라올 때는 길 잃을까 무서워서 휴게소에서 한 번도 내리지 않았다.

" 이제 만나러 갑니다

"

방송은 힘이 세다. 방송을 이용하려는 권력자들은 더 힘이 세다. 탈북민들은 그 권력자들로부터 벗어나려고 목숨을 걸고 탈출한 사람들이다. 그곳은 국민의 입과 귀를 막으려고 애썼고, 이곳은 탈북민들의 한 마디 한 마디에 귀를 기울였다. 이곳에서는 더 이야기를 들려달라고 멍석을 깔아주었다.

탈북민이 출연하는 방송 중에 가장 대중적으로 알려진 방송이 바로 내가 출연했던 〈이제 만나러 갑니다〉일 것이다. 줄여서 '이만갑'이라고 부르는 이 방송은 10년 넘게 방송중이기도 하고 잘 모르긴 해도 그동안의 북한에 대한 방송들과는 달리 예능 프로그램처럼 만들어서 누구나 편하게 볼 수 있다는 점 때문에 인기가 많은 것 같다. 나한테도 매우 고맙고 의미 있는 방송이다. 여기에 출연한 이후부터 방송활동을 본격적으로 시작할 수 있었고, 나를 응원해주시는 팬들이 생기기도 했으며, 북한에 대한 이슈가 터질 때마다 요즘도 한국의 방송사들은 물론 일본 NHK나 영국 BBC에서도 나에게 인터뷰 요청이 들어오니 '이만갑'은 탈북 방송인 한서희에게 고향이나 다름없는 방송이다.

그동안 탈북민이 한두 명씩 방송에 출연한 경우는 있어도 '이만갑'처럼 젊은 탈북민들이 우르르 한꺼번에 나와서 시선을 끌었던 적은 없었다고 했다. 앞서 여러 방송 출연 요청을 거절해왔고, '이만갑' 역시 처음에는 여러 번 거절했다. 아버지도 처음에는 방송 출연을 반대하셨다. 얼굴이 알려지는 것도 그렇고, 북한에 남아 있는 친척들에도 마음이 쓰였던 것이다.

그런데 제작진을 여러 차례 만나 방송의 기획 의도를 들어보니 내가 해야 할 일이라는 생각도 들었다. 우선 한국에서 몇 년 지내다보니 탈북민들에 대한 인식을 좀 바꾸고 싶은 마음이 있었다. 나는 물론이고 우리 가족들 모두 서울에 와서 일하고 적응하면서 북한에서 왔다는 이유 하나만으로 무시당하기도 하고, 탈북민에 대한 온갖 편견과 싸우느라 힘들었던 게 사실이다. 북한에서 비록 먹고살기 어려운 수준인 월급을 받기는 했지만 일을 했고, 여기에서는 그런 경력도 인정받기 어려워 다시 밑 바닥부터 시작해야 했다. 함께 탈북한 오빠도 망개떡 장사며 배달 등 안 해본 일이 없었다.

앞으로 자유와 희망을 찾아 한국에 올 탈북민들은 우리보다는 좀 순탄하게 적응해서 사회의 일원으로서 당당하게 생활하기를 바랐다. 북한에서 태어나고 싶어서 태어난 사람은 없지 않은가. 태어나보니 안타깝게도 거기가 북한이었고, 저마다의 다른 이유로 목숨 걸고 북한을 떠나온 우리였다. 탈북민에 대한 편견 없애기, 탈북민 이미지 개선하기. 내가 바라는 것은 딱 그 두 가지였다. 과연 바라는 대로 될지 반신반의하면서 방송에 출연할 용기를 내보았다. 그리고 아무래도 안보 교육 강사로 활동하면서 남들 앞에 나서는 일에 대해 거부감이 좀 줄어서 예능 프로그램 출연이 가능하지 않았나 싶다.

한국에 정착한 뒤 오히려 탈북민들을 만날 기회가 적었던 나는 '이만갑'에 출연하면서부터 탈북민들과 조금씩 소통하기 시작했다. 사실 방송에 출연하면서 마음고생을 조금 하기도 했다. 왜냐하면 북에서 비교적 여유 있는 집안에서 태어나 대학교도 다니고, 평양에서 활동했던 내 이력만 보고 같은 탈북민들도 선입견을 가지고 대하는 게 보여서 나도 모르게 계속 말을 아끼게 되고 움츠러진 것이다. 그리고 방송 초반에는 서로 스포트라이트를 더 받기 위해서 눈에 보이지 않는 경쟁도 했던 것 같다. 지금 생각하면 그저 웃음이 나오는 일이지만 말이다. 당시 인기 있었던 프로그램인 〈미녀들의 수다〉와 같은 콘셉트로 미니스커트를 입은 탈북민들이 계단식으로 쭉 앉아 첫 녹화를 했다.

기억을 떠올려보면 첫 녹화부터 순탄하지가 않았다. 방송 메이크업을 처음 받아보는 탈북민 출연자들은 화장이 너무 진하다며 "이 사람들이 우리를 광대로 만드는구나야" 하며 개탄하고, 출연자들의 옷이 노출이 있는 편이어서 다들 놀라기도 했다. 그러면서도 방송 메이크업 전문가가 해준 화장이 마음에 안 든다며 각자 화장실에서 립스틱을 더 진하게 바르기도 하는 등 아주 난리도 아니었다. 나는 사전 인터뷰가 있어 다 끝내고 나서 옷을 선택하러 가니 남은 옷이 너무 노출이 심한 옷 딱 한 벌 뿐이었다. 아무리 방송용 의상이라고 해도 어깨가 훤히 다 드러나는 옷을 도저히 입을 수가 없었다. 탈북민의 이미지 개선을 위해 방송에 출연할 결심을 했는데 첫 방송부터 옷이 난관이었다.

작가님들에게 출연 못 하겠다고까지 얘기하고, 의상 실장님에게 이렇게 야한 옷을 어떻게 입느냐며 화를 내서 실장님이 당황하시기도 했는데, 결국 급하게 방송국 옆 쇼핑몰에 가서 옷을 하나 사 입고 들어가서 녹화를 시작할 수 있었다. 이제야 웃으면서 추억하지만 그날은 정말 내 인생에 손꼽을 만큼 정신이 없고 예민한 하루였다. 참고로 그날 만난 의상 실장님은 10년이 지난 지금까지도 언니, 동생 하며 친하게 지내고 있다. 친해진 후에 실장님이 나한테 '까탈스러웠던 탈북민'이었다고 얘기해서 둘이 한참 웃었다. 나도 그렇게까지 실장님에게 화를 낼 일은 아니었는데 내가 보여주고자 했던 탈북민의 이미지와 노출 심한 옷은 맞지 않았기에 나도 모르게 더 예민하게 굴었던 것 같다.

그리고 성악을 했다는 내 직업이 방송에서 보여주기 정말 좋은 특기여서 '이만갑' 이후 출연하는 방송마다 노래를 부르거나, 직접 건반 악기를 연주하면서 노래를 부를 때도 있었다. 녹화하다가 밤 12시를 넘길 때도 있었는데, 그 시간에도 방송을 위해 노래를 불러야 했다. 재미있으면서도 힘들고, 힘들면서도 보람 있는 시간들이었다. 그렇게 나는 성악하는 탈북민 한서희로 조금씩 알려지기 시작했다. 나뿐 아니라 북한에서 각자의 역할에 충실했던, 대학도 다니고 열심히 공부하고 전문직으로 일했던 젊은 탈북민들이 출연해서 생생한 북한 이야기를 들려주니 '북한 사람들이 그렇게 공부를 하고, 피아노도 친다고? 한국에 오려고 목숨을 걸고 탈출했다고?' 하며 시청자들이 적잖이 놀랐던 것 같다.

첫 녹화를 하기 전, 시청률이 잘 나올지 우려했던 것이 무색하게 방송에 대한 반응은 뜨거웠다. 지금처럼 스마트폰이 보급되기 전이었는데도 당시 내가 노래하는 영상의 유튜브 조회수가 아주 높았다고 했다. 녹화는 매번 그야말로 강행군이었다. 아침 일찍 출연자들이 만나 종일 녹화하고 새벽에 집에 들어간 적도 많았다. 당시 출연자들은 물론이고 출연자들의 이야기에 진심으로 귀기울여주고, 공감하며 녹화장에서 같이 울고 웃던 제작진들의 진심이 통했을까? 〈이제 만나러 갑니다〉라는 방송이 시작된 이후에 탈북민들에 대한 사람들의 인식이 서서히 달라지고, 탈북민을 바라보는 시선의 온도가 서서히 올라가는 것이 피부로 느껴졌다. 개인적으로 나는 첫 방송 이후 외출하면 알아봐주는 분들도 계시고, 북한에서 오느라 고생했다고 얘기해주시는 분들도 있었다. 하루아침에 달라진 분위기에 부끄럽기도 하고, 어리둥절할 정도였다. 다른 방송 출연 섭외가 물밀듯이 들어와 KBS, EBS, YTN 등 생방송 뉴스나 교양 프로그램 등 여기저기에 출연하며 바쁜 날들을 보냈다. 북한에서도 유명한 그 〈아침마당〉에 출연하기도 했다. 방송의 힘은 컸다. 대기업에는 입사 시험에서 탈북민 전형이 따로 생겨한 탈북민 출연자가 취업에 성공했다는 이야기도 나중에 들었다. 당시 방송에서 만난 분들과는 아직도 인연을 이어나가고 있다.

'이만갑'에는 요즘도 가끔 출연한다. 얼마 전에는 〈사랑의 미로〉라는 노래에 대한 인연으로 각별한 가수 최진희 선생님과 함께 출연해서 얼마나 반갑고 기뻤는지 모른다. 최진희 선생님과 방송 출연을 같이한 것은 이번이 두번째였는데, 처음 함께 출연했을 때는 그분이 운영하는 식당에도 가서 같이 밥을 먹기도 했다. 북한에서는 공식적으로 한국 가요를 부르면 안 되지만 북한 TV에서 틀어준 적이 있는 한국 가요는 불러도 된다. 즉, 한국 가수들이 평양에서 공연할 때 부른 노래들은 따라 불러도 된다는 말이다. 학창 시절에 즐겨 부르던 노래 중에 〈사랑의 미로〉가 있었는데 나는 그게 북한이나 연변 노래인 줄 알았다. 알고 보니 1999년 평양 공연에서 최진희 선생님이 직접 부른 뒤 북한에 급속도로 퍼진 한국 노래였던 것이다.

　전기가 자주 끊기고 밤에 놀거리가 별로 없는 북한의 시골에서는 기타가 아주 인기다. 집집마다 기타가 있다. 나도 어릴 때 학교에서 기타를 배웠다. 너무 어린 나이에 선생님이 억지로 시켜서 일렉기타를 배우느라 손에 물집이 생기고 난리도 아니었다. 지금 생각해보니 말도 안 되는 일이 한두 가지가 아니다. 아무튼 그렇게 눈물로 기타를 배워 오빠와 같이 치면서 노래를 부르곤 했는데 한국에 와서 보니 우리가 알게 모르게 한국 노래들을 꽤 많이 부르고 있어서 놀랐다. 무슨 구전민요처럼 북한의 지역별로 가사가 조금씩은 달랐지만, 멜로디는 똑같았다. 그 노래들이 대부분 한국의 가수들이 평양 공연에 와서 부른 노래들이라는 사실을 한국에 와서야 알았다.

　연예인 얘기가 나와서 말인데 10년 넘게 연예인들과 함께 방송 출연을 하면서 이게 꿈인가 생시인가 생각했던 적도 많았고, 방송국 주변에서 연예인을 보기도 했다. 가장 놀랐던 날은 식당에서 권상우 씨를 직접 만났을 때였다. 북한에서 몰래 본 한국 드라마 중에 내가 제일 좋아했던 것이 〈천국의 계단〉이었다. 그 드라마 주인공인 권상우 씨를 식당 옆 테이블에서 마주치게 될 줄이야! 정말 너무 놀랐다. 내가 어릴 때 북한에서 권상우 씨의 인기는 하늘을 찌를 정도로 단연 최고였는데 내 눈앞에 그분이 보이는 거다. 권상우 씨는 흔쾌히 사진을 같이 찍어주셨다. 조금만 더 용기를 냈다면 내가 북한에서 목숨 걸고 당신의 드라마를 봤다고, 북한에서 당신이 얼마나 인기가 많았는지 아느냐며 얘기를 직접 전했을 텐데 그러지 못해서 두고두고 아쉬움으로 남아 있다. 으아, 다시 생각해도 정말 심장이 요동치는 날이었다. 한국에 오기 잘했다고 생각하는 이유가 하나 더 늘어난 날이기도 했다.

그리고 탈북민들이 출연하는 방송에 전직 축구선수 한 분이 함께 출연한 적이 있다. 이상하게 낯이 익어서 갸웃거리고 있었는데 알고 보니 그 선수가 남북한 축구 대결에 출전했던 '노랑머리' 선수였던 것이다! 그때 나를 포함해 TV로 축구 중계를 보던 북한 사람들에게 '까불거리는 노랑머리 남한 선수'로 확실히 눈도장을 찍었던 바로 그분과 같이 방송 촬영을 하던 날도 정말 믿기지 않았다.

" 노래하는 탈북민 "

한국에서 탈북민으로 부딪히며 살아보니 탈북민에 대한 국민들의 인식이 너무 안 좋았다. 뜻하지 않게 북한에서 태어난 것일 뿐, 우리도 하루하루 성실하게 살아가는 평범한 사람들인데 북한에서 왔다는 이유만으로 좋지 않은 일을 당할 때는 서럽기도 하고 상처도 많이 받았다. 나름 가슴 펴고 당당하게 살아온 편인데 한국에서는 자존감이 지하를 뚫고 내려갈 지경이었다. 물론 한국에 와서 대한민국의 국적을 갖고, 한국인으로 살아갈 수 있다는 점은 감사했지만 가끔은 망망대해에 내던져진 기분이 들기도 했다. 탈북민에 대한 인식을 바꾸는 데 조금이라도 도움이 된다면 뭐라도 하고 싶었다. 그 첫걸음이 안보 강사 활동이었고, 곧바로 방송 출연도 하게 되었다.

나를 포함해 젊고, 각 분야의 전문가인 탈북민들이

방송에 출연하면서 점차 탈북민에 대한 이미지가 조금씩 변하고 있다는 게 느껴졌다. 어디를 가도 많이 알아봐주시고 고생한다며 등을 두드려주셨다. 북한 사회에 대해서도 바르게 알려드리고 싶은데 이게 참 쉽지 않았다. 왜냐하면 북한에 관해 이야기할 때 탈북민들끼리도 서로 말이 다른 경우도 있었다. 그만큼 북한이 워낙 폐쇄적인 탓에 북한 주민들도 자신이 본 세계가 전부라고 생각하고 살아간다는 의미 아닐까.

다시 방송 이야기로 돌아와서, 내가 특히 성악 전공자이기도 하고, 탈북한 지 얼마 되지 않았고, 어린 편이어서 방송에서 더 뜨거운 관심을 받은 것 같다. 출연하는 방송마다 '성악가 한서희'라고 불렸다. 어려서부터 노래하기를 좋아했는데 고등중학교 4학년 때, 그러니까 한국의 고등학교 1학년 나이에 중앙당 5과에 선발되었다. 함경북도 대표로 뽑혀 관리 대상이 된 것이다. 5과에 뽑히면 평생 가족들을 못 보고 살 수도 있다며 아버지는 여러 방법을 통해서 내가 5과에 포함되지 않도록 애를 썼다. 그 결과 5과에는 포함되지 않았지만, 나는 계속 노래가 하고 싶어 평양음악무용대학에서 성악을 전공했다. 3년 만에 조기 졸업하고 북한의 퍼스트레이디 리설주와 같은 인민보안성협주단 소속으로 활동했다. 어은금병창조 9인 그룹 중에 센터로 들어가는 행운을 얻기도 했는데 어은금병창조 9인 그룹은 김정일이 만든 최초의 합주단으로, 공연이 있으면 어디든 가야 했다. 저녁부터 기다려 새벽 3시에 공연한 적이 있을 정도로 힘들었던 기억도 있다.

김정일이 만든, 김정일을 위한 팀이었기에 우리는 비밀리에 연습하고, 비밀리에 움직였다. 그 모든 힘든 과정조차 영광으로 여기게 만드는 북한. 나뿐 아니라 북한 주민들 모두가 희생당하고 있으니 북한은 거대한 가스라이팅의 나라일 뿐이다. 나는 노래를 온전히 '예술' 자체로 즐긴 적이 있었을까? 스스로에게 물어보면 그렇지 않은 것 같다.

솔직히 한국에 와서도 마찬가지였다. 나가는 방송마다 북한 노래를 불러보라고 시키셨다. 안타깝게도 성대가 약한 편이어서 언제, 어디에서 툭 치면 노래가 술술 나오지는 않았다. 북한을 떠나서도 노래를 벗어날 수 없다는 생각에 조금은 힘들고 부담스럽기도 했다. 그래서 처음에는 마지못해 노래를 부른 적도 있지만 방송을 계속하면서 점차 'PR'이라는 단어에 눈을 떴다. 성악가 한서희라는 사람을 알리는 좋은 기회라는 것을 점차 깨달은 것이다. 언제부턴가 방송을 더 즐기면서, 노래 자체를 즐기면서 하는 내 모습을 발견했다.

한국은 누구든지 여건만 되면 원하는 공부를 시작할 수 있다. 한국에 살면서, 그리고 아이를 키우면서 나는 노래의 즐거움에 다시 눈을 뜨고 있다. 아이들은 정말 순수하게 노래 그 자체를 즐기는 것 같다. 아이들과 같이 노래를 부를 때면 정말 행복하다. 이런 것이 돈을 주고도 살 수 없는 행복이고, 예술의 가치인가 싶다.

아이들을 키우면서 한국 동요를 몰라서 처음에는 난감했다. 아이를 재울 때 자장가로 '푸른 하늘 은하수~' 이렇게 시작하는 반월가를 불렀는데 알고 보니 한국에도 똑같은 동요가 있었다. 제목은 '반달'이라고 했다. 남북한이 같은 동요를 다른 제목으로 부르고 있는 것이다. 그런 동요는 또 있다. '고향의 봄'도 북한에서 널리 부르는 동요다. 너무 신기했다. '반달'과 '고향의 봄'을 아이한테 얼마나 많이 불러줬는지 모르겠다. 무한 반복. 세련된 다른 자장가나 다른 한국 동요를 몰라서 그랬다. 일제강점기 때 만든 동요들이라니! 노래 좋아하는 딸이 어린이집에서 배워온 동요를 나한테 가르쳐줬다. 북한의 동요들은 아름다운 가사가 나오다가도 뒤로 갈수록 '충성'하는 내용으로 바뀌곤 하는데 한국의 창작 동요들은 하나같이 귀에 쏙쏙 와닿는 멜로디에 가사도 기발하고, 빠르면 빠른 대로, 느리면 느린 대로 입에 착착 붙어서 좋았다. 특히 '마음', '벚꽃 팝콘' 이런 동요를 좋아한다.

뜻하지 않게 엄마와 외할머니 덕분에 북한 노래로 조기 교육을 받은 둘째가 노래에 진심이다. TV 프로그램인 〈누가 누가 잘하나〉에 출연하기도 하고 어린이합창단 단원으로 활동해서 노래에 대한 꿈을 키우고 있다. 북한과 달리 한국에서는 가곡은 물론 외국 가곡 등 좋은 노래들을 자유롭게 배울 수 있어서 알게 모르게 둘째를 보며 나도 음악에 대한 한을 푸는 것 같다. 음악만큼 자유로운 것이 또 없지 않은가. 나는 북한에서 평생 반쪽짜리 노래를 의무적으로 하다보니 노래의 참맛을 제대로 느끼지 못했다. 외국 가곡은 불러본 적도 없고, 발성 연습조차도 5대 혁명 가극에 나오는 노래들로 했으니 말 다했다. 극소수의 추천받은 인원만이 성악 콩쿠르를 준비할 때나 외국의 유명한 곡을 배우기는 했다. 외국 가곡이 좋고, 그 노래들을 어릴 때 못 배워서 안타까웠다는 게 아니라 어떤 노래들이 있는지 들어볼 자유도, 부를 자유도 없었다는 것이 그저 안타까울 뿐이다. 언젠가 통일이 되면 딸과 함께 북한에서 노래를 부를 날이 올까? 아직 딸한테 한 번도 말한 적은 없지만 혼자 꿈꿔보는 일 중의 하나다.

가끔은 먹고살 걱정을 하지 않고 예술을 하고 싶을 때도 있다. 노래를 부르고, 노래를 또 배우고……. 한국에 와서는 탈북민으로서 방송에 나가 노래도 하고 안보 강사로도 활동했지만 나도 결국 아이들의 뒷바라지와 노후 준비를 걱정하는 워킹맘이다. 안정적인 수입도 중요하고, 왕성하게 활동하던 방송인 자리도 후배들에게 내어주면서 이제는 탈북민 후배들과 멀리 함께 가는 방법을 찾고 있다. 그래서 회사를 만들어 탈북민 후배들과 같이 다양한 활동을 하고 있다. 삶을 향한 진지한 마음, 노래를 향한 순수한 열정을 가진 나는 노래하는 탈북민 한서희다.

텔레비전과 악마의 편집

한국 TV 프로그램 중에 북한에서 유명한 것으로는 〈아침마당〉, 〈전국노래자랑〉 등이 있다. 북한에서도 특히 황해도, 평안도 쪽에는 KBS 신호가 잡혀서 실시간으로 한국의 방송이 나오기도 해서 주민들이 몰래 보는 것이다. 그 이외의 지역에서는 몰래 한국의 TV 프로그램을 본다. 어릴 때는 비디오테이프로 봤고, 커서는 CD로 한국 드라마 같은 것을 봤다. 듣기로 요즘은 USB나 SD카드로 유통이 된다고 한다. CD를 유통한 사람은 수용소에 끌려가거나 어떤 방송을 유통했느냐에 따라 심하면 반역죄로 사형까지도 당할 만큼 중대한 잘못이지만 단순히 보다가 단속반에게 잡혀도 벌금을 내기도 한다. 〈모래시계〉나 〈실미도〉, 〈오징어 게임〉 같은, 조금이라도 정치적인 방송을 보다가 걸리면 정치범 수용소에 끌려가기도 한다. 이처럼 엄격하게 처벌함에도 불구하고 북한 주민들은 알음알음 많이들 빌려서 본다.

황해도, 평안도 쪽에서 KBS 방송을 직접 본 사람들은 다른 주민들에게 남한은 이렇다더라, 저렇다더라 하며 이야기를 들려주기도 하는데, 나도 지인을 통해서 〈아침마당〉 이야기를 들은 적이 있다. 방송을 보고 온 지인은 시어머니와 며느리가 같이 출연해 서로 흉을 보더라며 어떻게 그럴 수가 있냐고 충격을 받았다고 했다. 북한도 똑같이 사람 사는 세상이고, 고부갈등이야 있지만 서로에게 쌓인 불만을 그렇게 대놓고 '방송'에 나와서 이야기한다니 나도 믿을 수가 없었다.

직접 한국에 와서 보니 그 정도쯤은 일도 아니었다. 자고 일어난 리얼한 모습을 보여주는 예능을 비롯해서 〈우리 이혼했어요〉 같은 프로그램에는 실제로 이혼한 부부가 나오기도 했다. 문화 충격이라는 게 이런 것인가! 북한에서 이혼이라는 것은 상상도 하기 힘들다. 이혼하는 순간 집안 망신이라며 손가락질받는 것은 물론 출셋길도 막힌다. TV는 그 사회를 보여주는 거울이나 다름이 없다. 현실의 차이가 방송 콘텐츠 차이로 고스란히 드러날 수밖에.

그렇게 풍문으로 듣고 몰래 보던 한국의 TV 프로그램들을 실컷 볼 수 있어서 얼마나 행복한지 모르겠다. 깔깔 웃는 예능도 좋지만 요즘 TV를 통해서 배우는 게 많다. 예를 들어 〈요즘 육아 금쪽같은 내 새끼〉 같은 프로를 보면서 아이들 교육에 대해 진지하게 생각해볼 수 있어서 좋다. 삶에 대한 지혜를 얻을 수 있는 강연 프로그램도 좋아한다.

가끔 TV를 보면 '악마의 편집'이라는 표현이 나온다. 같은 내용이라도 어떻게 편집하느냐에 따라 내용이 확 달라지는 것, 정말 신기할 따름이다. 사실 진정한 악마의 편집 능력은 북한이 더 알아준다. 한국에 대한 영상에서는 늘 노랑머리나 짧은 치마, 폭탄머리를 한 출연자들을 보여주면서 '썩고 병든 자본주의'라고 표현한다. 또 헐벗고 굶주리는 남녘 동포들이라며 폭력적인 시위 현장 영상을 보여준다. 그런데 북한 주민들은 그걸 보면서 고개를 갸웃거릴 수밖에 없다. '우리는 1년에 하나 먹을까 말까 한 계란을 저 사람들은 던져서 깨트리고 있구나야.'

외국인들이 놀라는 것

""

언젠가 유튜브 알고리즘 추천으로 '외국인들이 한국에 와서 놀라는 것'이란 제목의 영상이 계속 뜬 적이 있다. 외국인들은 공통적으로 한국의 카페에서는 노트북이나 가방, 책이나 휴대폰을 테이블에 올려두고 화장실에 다녀와도 물건이 없어지지 않는다는 사실에 놀랐다. 카페 뿐만이 아니다. 식당이나 기차도 마찬가지. 나를 포함한 탈북민들도 외국인들의 의견에 격하게 동의하는 부분이다. 북한에서는 현금을 가지고 대중교통을 이용할 때는 몸에다가 돈을 아주 꽁꽁 묶어놔야 그나마 안심이 된다. 기차를 탔다가 깜깜한 터널이라도 통과하면 가방이 눈 깜짝할 사이 사라지고 내 손에는 세상 가벼운 가방끈만 덩그러니 남아 있다. 귀신이 곡할 노릇이다.

평양에는 도둑이 많다. 특히 사람들이 모인 곳에는

어김없이 소매치기(쓰리꾼)들이 나타난다. 언젠가 친구와 평양의 한 상점에 들어갔다가 나와 친구 둘 다 지갑을 소매치기당한 적이 있다. 문제는 신분증이다. 북한은 어딜 가든 신분증을 꼭 챙겨야 한다. 지역을 이동할 때는 더더욱 필요하며, 한번 잃어버려서 다시 만들려면 사상 비판을 받는 등 여간 고생스러운 게 아니다. 지갑을 잃어버렸을 때 나는 그나마 불행 중 다행으로 신분증을 가방의 다른 주머니에 넣어둬서 괜찮았는데 친구는 신분증까지 잃어버려서 엄청 고생했다.

한국에 살면서 소매치기를 당한 적은 없지만 깜빡깜빡하다보니 물건을 종종 어디 두고 나온다거나 한 경험은 있다. 출산 후유증인지, 아이들 챙기느라 정신이 없어서 그런지 심할 때는 생일 선물까지 쇼핑백 그대로 화장실에 걸어두고 나온 적도 있었다. 놓고 나온 지 3시간 정도 지났을 즈음 화들짝 놀라 다시 화장실에 가보니 세상에, 쇼핑백이 그대로 그 칸에 걸려 있는 게 아닌가! 정말 눈물이 날 만큼 감동적인 순간이었다. 다시 생각해도 한국인들의 시민 의식은 감동 그 자체다.

이런 시민 의식은 전염이 되는지, 나도 누가 놓고 간 물건이 있으면 최대한 찾아주려고 애쓴다. 어느 날, 아파트 주차장에 보니 자동차 위에 지갑이 하나 놓여 있는 거다. 차에 적혀 있는 번호로 전화를 걸어 알려준 적이 있다. 지하철에서 누가 떨어트리고 간 신용카드를 보면 주워서 역무원에게 전달한다. 찾아갈지, 찾아가지 않을지는 모르지만 최소한 찾아주려고 노력은 한다. 지하철역이나 경찰서에 분실물센터가 잘 운영중인 것을 보면 대단하다는 생각이 든다. 나도 한국인으로서 괜히 뿌듯해지고 말이다. CCTV가 많아서 그럴까? 물건이 풍족한 나라여서 그럴까? 교육의 힘일까? 아무튼 신기한 일이다.

코로나19 사태를 겪으면서 나는 우리 가족이 한국에 살고 있어서 다행이라는 생각을 여러 번 했다. 초기에 제일 먼저 마스크 품절 대란을 겪었을 때 우리 동네도 마스크를 파는 약국 앞에서 줄 서느라 야단이었다. 기다렸다가 살 수 있으면 다행인데 품절이라 못 살 때도 있었다. 누구 하나 화내지 않고 묵묵히 기다리고, 줄을 잘 서고, 배려하는 모습을 보며 감탄했다. 북한은 질서라는 것이 없다. 배급받는 줄을 섰다가도 힘이 세고 목소리 큰 사람이 앞으로 가는 일도 허다하다.

예방접종이 필수인 것도 있고 아닌 것도 있다고 해서 놀랐는데, 독감 예방접종은 강제적인 것이 아닌데도 사람들이 스스로 주사를 맞는다는 사실이 더 놀라웠다. 1차적으로 물론 자신의 건강을 챙기기 위해서라고 하지만 다른 사람들에게 전염시킬 수도 있으니 배려 차원에서 독감 예방접종이나 코로나19 백신 주사를 맞는 사람도 꽤 많은 것이다. 그것도 어린이들은 대부분의 예방접종 주사가 무료다! 이런 모범적이고 성숙한 문화, 복지는 하루아침에 만들어지는 것이 아니라고 생각한다.

아이들을 데리고 소아청소년과에 갈 때면 어김없이 북한의 옛 기억이 떠오르곤 한다. 열이 나든 안 나든 공포스러운 분위기 속에서 줄을 서서 학교에서 예방주사를 맞았던 기억들……. 얼마나 강렬했던지 20년이 훌쩍 지났는데도 그런 기억은 좀처럼 사라지지도 않는다. 성숙하다는 것, 타인에 대한 진심어린 배려가 녹아 있는 사회에서 살아간다는 것이 마냥 행복한 요즘이다.

얼마 전에는 대구에 출장을 가면서 KTX를 탔다. 곧 역에 도착할 시간이라 내릴 준비를 하던 중에 아끼던 귀걸이 하나가 의자 옆으로 그만 떨어져버렸다. 주워보려고 낑낑대다가 포기하려던 순간 역무원이 무슨 일이냐고 물어 자초지종을 설명했다. 역무원은 부산에 도착해서 의자를 들어 찾아볼 테니 연락처를 알려달라고 했다.

얼마 후 귀걸이를 찾았다는 전화가 왔다. 잊지 않고 연락을 준 것이다. 그날의 감동이란! 서울역으로 돌아갈 예정이라고 하니 서울역 분실물 센터에 신분증을 들고 가서 물건을 찾아가라고 친절하게 알려주셨다. 여기서 또 하나의 감동 포인트는 그분이 전혀 생색을 내거나 하지 않고 끝까지 그저 할일을 했을 뿐이라는 듯이 담담하게 얘기했다는 점이다. 외국인인 듯 외국인 아닌 한국인 탈북민들은 이런 세심하면서도 쿨한 배려에 마음이 스르르 녹는다.

봉사와 기부

성숙한 문화에 대해 쓰다보니 꼬리에 꼬리를 물고 또 다른 문화들이 생각났다. 언젠가 내 채널에서도 다룬 적이 있는 주제인데, 한국의 봉사와 기부 문화다. 알고 보니 선진국일수록 그런 나누는 문화가 일상이라고 했다.

그래서 그런지 하나원 프로그램 중에도 봉사활동이 있었다. 나는 하나원에서 오락부장을 맡았는데, 봉사활동을 나가서 할 공연 준비를 담당하는 역할이었다. 어려서부터 무대에 자주 서왔지만 탈북민들이 함께 요양원에서 공연을 할 때는 정말 가슴이 뭉클했다. 꽃동네로 봉사를 나간 적도 있다. 우리 조는 할머니들 옆에서 손을 잡아드리고, 말벗도 해드렸다.

앞에서도 여러 번 언급했지만, 하나원을 나와서 임대주택에 갔을 때도 적십자회에서 봉사하는 분이 나오셨다. 처음에 그분들이 월급을 받고 일하는 분들인 줄 알았다. 당장 살림을 하려면 냉장고나 세탁기 등 가전제품이 필요했는데 그분은 어딘가로 전화를 몇 번 하시더니 지인들이 쓰지 않는 가전제품이나 물품들을 금방 구해 오셨다. 무슨 마법처럼, 하늘에서 선물이 뚝 떨어진 것처럼 그렇게 우리 집에 하나둘 물품들이 채워졌다. 그분이 평소 얼마나 덕을 많이 쌓으셨는지, 지인들이 쓸 만한 중고 가전제품들을 뚝딱 나눠주시니 그 고마움은 이루 말할 수가 없었다.

꼭 어마어마한 부자가 아니더라도 평범한 이들이 소소한 금액을 기부하는 것부터 그야말로 문화적 충격이었다. 힘들게 애써서 번 돈을 남한테 그냥 준다고? 가끔 뉴스를 보면 익명으로 큰돈을 기부하기도 하던데 그런 뉴스 하나하나가 놀랍다. 북한에서 부자라고 불리는 사람들은 일단 권력을 가진 이들이다. 불법적인 방법으로 부를 축적한 경우가 대부분이고, 최고 권력자에게 찍히는 순간 하루아침에 재산이며 심지어 목숨까지, 모든 것을 잃을 수 있다. 여유롭고 안정적으로 보이는 한국의 부자들과는 완전히 다른 것이다. 거기다 다른 사람을 도와주면 신고당할 수도 있는 곳이 바로 북한이다. 어디에서 돈이 생겨 남을 도와주느냐고 추궁당하는 사회 분위기 속에서, 개인의 재산 축적이 죄가 되는 북한 사회에서 기부라는 것은 애초에 할 수가 없는 것이다. 한국이 썩고 병든 자본주의가 아니라 북한이 썩고 병든 사회주의 국가다.

한국에 정착한 초기에 어느 사이버대학교에서 사회복지학을 공부한 적이 있다. 당시 파주의 어느 보육원에 갔는데 북한과 달리 부모님이 살아 있는 데도 보육원에 온 아이도 많았다. 우리가 떠난 뒤 아이들이 힘들어할 수 있으니 너무 정을 많이 주지는 말라고 조언해주셔서 더 안타까웠다. TV에서 연탄 옮기는 봉사활동이나 유기견 돌봄 봉사활동 같은 것을 보면 누가 강제로 시키지 않아도 스스로, 돈을 받지 않고 일을 돕는 사람들이 수시로 보였다. 대한민국 국민들의 마음속에는 '아름다움'이라는 것이 들어 있다는 생각이 들었다.

그리고 어느 날은 라디오에서 도움이 필요한 사람의 사연이 먼저 흘러나오고, 무슨 번호로 전화를 하면 기부할 수 있다고 나와서 두어 번 전화를 걸었던 적이 있다. 누구나 손쉽게 기부할 수 있게 만들어놓은 점이 좋았다. 그리고 2008년부터 사랑의 열매 재단에 매월 소소한 금액을 기부하고 있다. 시간과 정성과 노력으로 누군가를 도울 수 있다는 것이 스스로 뿌듯하고, 누군가에게는 큰 힘이 될 거라고 믿는다. 내가 도움을 받고 살아갈 힘을 얻었듯이 말이다.

너구리와 무파마

이것은 무엇일까? 북한에서 점심으로 흔히 먹는 것, 푹 끓일수록 퍼져서 양이 늘어난 것처럼 보이는 것, 후루룩 먹는 것……. 정답은 바로 국수다. 푹 퍼진 국수는 너무 질려서 먹기가 싫을 정도였다. 북한에서 꼬부랑 국수라고 부르는 것이 바로 우리가 아는 라면이다. 하나원을 나온 뒤 내가 가진 것은 임대주택 그리고 코펠과 라면이 전부였다. 라면만 있으면 굶어죽지는 않겠다고 생각했던 그 시절.

북한에서 먹는 꼬부랑 국수는 중국 라면 한 종류였다. 앞에도 썼지만 우리 가족이 탈북하면서 몽골에서 몇 달 지냈는데, 그때 우리를 담당하시던 한국인이 즐겨 먹던 라면이 '너구리'였다. 가끔 우리한테도 먹어보라며 나눠주셨는데 기름진 중국 라면에 비해 한국 라면은 눈이 번쩍 떠지는 맛이었다. 한국에 오자마자 너구리를 사서 얼마나 끓여 먹었는지 모른다. 북한에서 평생 푹 퍼진 면만 먹다가 한국에서 꼬들꼬들 쫄깃한 면을 먹어보니 맛과 식감이 정말 달랐다.

그런데 너구리를 생각하면 종이학이 떠오른다. 두 가지가 무슨 상관이냐고? 누가 한국 드라마에서 봤는지 학 천 마리를 접으면 소원이 이루어진다는 말을 했다. 몽골에는 종이가 귀해서 관리인이 끓여 먹고 버린 너구리 비닐을 잘라 학을 만들기 시작했다. 우리는 하루종일 손톱으로 꾹꾹 눌러가면서 학을 접었다. 결국 천 마리 정도 접었는데 한국에 들어올 때 가져오지는 못했다.

다시 라면 얘기로 돌아오면, 한국에 처음 와서는 다른 라면은 먹어볼 생각도 하지 않고 그저 너구리가 최고라며 말하고 다녔다. 예전에 회사 다닐 때는 사람들이 안 질리냐고 얘기할 정도로 점심시간마다 김밥에 라면을 먹었다. 그런데 요즘 '최애' 라면은 '무파마'다. 무파마에 계란을 풀어서 호로록 먹으면 국물이 시원했다. 생각만 해도 침이 넘어간다. 하얀 국물 라면도 기대 이상으로 맛있었다. 한때 불닭볶음면에 빠져서 먹었던 적도 있는데 다음날 배가 아파서 고생해놓고 다시 또 먹게 되는 마법 같은 볶음면이었다. 군대에 강연 다닐 때도 추운 아침 차에서 컵라면을 하나 뜨끈하게 먹고 강의를 하러 가면 속이 든든하니 말도 더 잘 나오는 것 같았다. 라면이 보약 같았다. 대한민국은 라면만 평생 먹고 살아도 되겠구나 싶다. 가격도 다른 음식에 비해 상대적으로 저렴한 편이니 얼마나 좋은가. 북한에서도 라면을 팔기는 하는데 중국 라면이나 일본 라면을 아주 비싸게 판다. 내가 탈북하기 직전쯤에는 '꼬부랑 국수'라는 이름으로 라면의 면만 포장해서 팔기도 했다.

한국의 라면은 종류가 또 왜 그리도 많은지……. 이것저것 골라 먹는 재미가 있다. 미역국라면 같이 신기한 라면도 있는데 그건 맵지 않아 아이들이 먹기에 안성맞춤이다. 다이어트 때문에 밀가루 음식을 멀리하다가도 TV에서 라면 먹는 장면이나 라면 광고가 나오면 나도 모르게 라면 생각이 난다. 애증의 라면이다. 정말.

부모님도 한국 라면을 좋아하신다. 북한에서는 부엌 근처에도 가지 않던 아빠가 요즘은 부엌에서 제법 '활동'하신다. 북한에 계속 살았더라면 어림도 없었을 텐데 한국에서는 주변에서 직접 보거나 TV에서 부엌에 서 있는 남자들을 많이 보셔서 그런지 이제는 제법 능숙하게

된장찌개도 끓이신다. 그 모습이 새삼 신기하기도 해서
한번은 내 유튜브 채널에도 찍어서 올린 적이 있다. 그
날 아빠가 직접 끓여주신 떡라면은 평생 잊을 수 없을
것이다.

까만 바닷물과 맛집 탐방

평양에서 여행 가이드로 일했던 지인과 유튜브를 찍은 적이 있다. 어딜 가든 여행증명서가 필요한 북한과 달리 한국에서 자유롭게 여기저기를 여행했던 이야기를 나누며 우리는 시간 가는 줄을 몰랐다.

'한국은 공기가 안 좋아서 새들도 폐병에 걸린다.'

이런 교육을 받고 자란 나는 한국이 땅이고 하늘이고 얼마나 오염된 나라일까 생각했다. 심지어 바닷물도 까만색일 거라고 믿었다. 하지만 웬걸~ 동해안의 바다는 맑고 푸르기만 하고, 산에는 나무가 울창하고, 미세먼지가 있는 날도 있지만 보통은 파란 하늘을 볼 수 있으니 하루하루 놀라울 따름이었다. 오히려 땔감으로 쓰느라 나무를 다 베어버린 탓에 북한의 산은 나무 하나 없이 헐벗은 풍경이라 볼품이 없다.

안보 강의를 하거나 여행을 다니면서 전국 곳곳을 다녀보니 신기한 점이 있었다. 북한은 수도인 평양과 다른 지방의 격차가 너무나 크다. 평양은 북한이 아니라는 말이 있을 정도다. 한국은 꼭 서울이 아니어도 대도시가 전국 곳곳에 있다는 점이 놀라웠다. 큰 공연장이나 놀이동산, 지하철, 워터파크 같은 것도 서울에만 있는 것이 아니었다.

거기다 유명한 관광지마다 식당은 왜 이렇게 많은지, 선택지가 너무 많아서 행복한 비명을 지를 정도였다. 이렇게 많은 식당들이, 망하지 않고 수많은 사장님들이 돈을 벌고 먹고산다는 사실이 믿기지 않았다. 특히 동해안에는 바닷가를 따라 줄지어 식당과 카페들이 있었는데 수많은 가게들이 망하지 않는 이유는 한국에 살면서 자연스럽게 깨닫게 되었다. 한국 사람들은 1~2시간 차를 타고 가서라도 유명하고 맛있는 메뉴를 직접 먹어보기를 즐긴다. 나는 줄 서는 것을 별로 안 좋아해서 사실 그런 문화가 잘 이해되지는 않는다. 북한에서는 배급받을 때만 줄을 선다. 굶어죽지 않으려고 새벽에 줄을 선다. 선착순이라서 치열하다. 그 외에는 줄 서기를 안 좋아한다.

맛집 탐방이나 무슨 한정판 명품을 살 때 가게문을 열기도 전부터 줄 서는 '오픈런' 문화는 나한테 정말 문화적 충격이었다(특히 국수를 먹겠다고 길게 서 있는 줄을 볼 때면 정말 이해되지 않았다). 처음에는 밥이나 물건을 공짜로 주기 때문에 줄을 서는 줄 알았다. 그런데 지금은 나도 맛집 투어를 다니고 있다. 사람들이 나한테 맛집을 물어보곤 하는데, 내가 추천한 곳은 성공 확률이 높다고 얘기해주니 고마울 따름이다. 맛집을 찾는 나만의 팁이 있다면 검색을 많이 해보면서 매의 눈으로 맛집을 찾아내거나 실제로 주차장에 차가 많은 집, 또는 지자체 홈페이지를 참고한다는 거다. 예를 들어 마포구나 강남구 등 각 지자체의 홈페이지에 들어가면 문화, 관광 코너에 '안심 식당'을 추천해놓았다. 그런 식당들은 적어도 맛이나 분위기가 평균 이상일 것으로 믿고 간다.

아, 그리고 여행 이야기에서 빼놓을 수 없는 것이 바로 안전에 대한 문제다. 북한에서는 밤에 무서워서 아예 외출할 생각을 못한다. 거리에 CCTV가 거의 없을뿐더러 돈이 좀 있어 보이면 누구든 심심찮게 공격당하는 게 현실이기 때문이다. 북한뿐 아니라 외국 중에서도 치안이 좋지 않은 나라는 여행을 가서도 안심하고 돌아다니

기가 어렵다. 그런 점에서 한국은 밤이든 낮이든 안전하
게 다닐 수 있어 정말 든든하다.

> **"**
로또 당첨 같은 서울살이

> **"**

"좋은 꿈 꿨습니까?"

"아, 너무 떨립니다."

"서울 못 뽑으면 어떡하지요?"

탈북민들에게 하나원에서 지내는 동안 가장 떨렸던 순간이 언제냐고 물으면 아마 다들 입대주택을 추첨할 때였다고 말하지 않을까 싶다. 나는 그랬다. 서울이나 경기도부터 멀리 제주까지 후보 지역은 전국 구석구석 다양했다. 우선 설명을 들은 다음 자기가 살고 싶은 지역을 1지망부터 3지망까지 써서 냈다. 일찍이 어떤 정보를 듣고 마음을 정한 사람들은 소신껏 제주나 강원도를 1지망으로 적어 내는 경우도 간혹 있지만 보통은 나처럼 서울을 1지망으로 썼다. 한국에 왔으니 서울에서 한번 살아 보고 싶은 것이다. 제주도는 섬이라는 말을 듣고 바로 제외하는 경우도 많았다. 탈북민들은 제주에 대한 정보도 거의 없다보니 1지망은 오직 서울, 서울 대잔치였다.

추첨하는 날은 그야말로 아수라장이었다. 서울을 뽑고 나서 너무 기뻐 소리치는 사람들, 서울을 못 뽑아서 귀향 가는 사람들처럼 서럽게 우는 사람들……. 그게 그렇게까지 울 일이냐고 생각하는 분들도 많을 것이다. 탈북민들이 탈북 초반에 특히 서울을 고집하는 이유가 있다. 앞서 썼듯이 북한은 평양과 다른 지역의 격차가 거의 하늘과 땅 수준이다. 평양에는 아파트는 물론 버스에 지하철도 있지만 북한의 시골은 벌레가 나오는 흙집에 강물을 퍼다 생활해야 할 정도로 주거 환경이 열악하다. 북한 사람들도 평양의 모습을 TV로만 보는 경우가 많으니 말 다 했다. 그래서 한국도 마찬가지일 것이라고, 서울을 벗어나면 그저 북한 같은 시골일 것이라고 생각하기에 한국 사람들이 상상하는 것 이상으로 탈북 직후의 탈북민들은 서울을 좋아하고, 한국의 수도인 서울에 살고 싶어한다. 임대주택은 한정적인데 대부분 서울을 원하니 추첨에 온 신경을 쏟을 수밖에.

그리고 하나원에서 지내는 탈북민들은 한국에 대해서 아직 자세하게 알지 못하기 때문에 서울 앓이가 더 심하다. 얼마나 모르냐면 서울과 경기도가 아주 멀리 떨어져 있다고 생각한다. 오빠와 내 친구의 연애 스토리 부분에서 언급한 대로 부모님들이 두 사람의 결혼을 반대할 때 우리집은 서울 양천구, 내 친구 서리네는 경기도 부천시에 있는 임대주택을 뽑았다. 연애 당사자들은 집이 멀다며 속상해했고, 부모님들은 이참에 멀리 떨어져 살게 됐으니 잘됐다고 생각하셨다. 하지만 얼마 후 양천구에서 부천까지 택시로 20분 거리라는 사실을 알고 오빠와 서리는 허무하기도 하고 어이가 없어서 웃었다고.

임대주택에 얽힌 다른 탈북민의 웃지 못할 에피소드도 들은 적이 있다. 강원도를 1지망으로 선택한 그분은 집까지 안내해줄 분들과 함께 이동하고 있었는데, 가는 길에 38선휴게소에서 밥을 먹자고 하더란다. '38선휴게소'라는 이름을 보고 기겁한 탈북민은 차마 내색은 못하고 밥을 먹고 나서 자기를 다시 북한으로 보내는 줄로 알고 긴장한 상태로 꾸역꾸역 밥을 먹었다고. 강원도를 1지망으로 써낸 자신의 선택을 탓하면서 말이다. 그날 그분은 무사히 임대주택에 잘 도착했고, 다만 38선휴게소에서 먹은 밥이 체하는 바람에 다시는 그 휴게소에서 밥을 먹지 않는다는 웃지 못할 이야기가 생각난다.

요즘은 탈북민들 중에서도 일부러 귀농을 선택하는 경우도 있을 만큼 거주지 선택의 폭이 다양해진 것 같다. 그만큼 경기도나 다른 지방들도 충분히 살기 좋다는 것을 알기 때문일 것이다. 실제로 탈북민들은 경기도나 강원도, 제주 등 임대주택에 가서 아파트에 엘리베이터가 있고, 동네에 버스가 다닌다는 사실에 모두 놀라고 감탄했다. 한국에서 살고 있는 그 자체가, 처음에는 추첨으로 한국생활을 시작하지만 어느 정도 자리잡은 이후에는 누구나 자유롭게 원하는 지역에서 살 수 있는 그 '자유'가 너무나 소중하고 달콤하다.

" 저기는 왜 귀뚜라미예요?

"

나는 성격이 급한 편이고, 궁금한 것을 잘 못 참는 성격이다. 하나원을 나와서 강서구에 처음 살 때, 강서구청에 갈 일이 많았다. 시내버스를 타고 동네 구경하며 다닐 때마다 아파트 이름들이 신기했다. 북한은 아파트 자체도 별로 없지만 브랜드라는 것이 따로 없으니 보통 주소로 아파트 이름을 짓는다. 한국의 도로명 주소 같은 것이 북한에서는 '반'이다. 그래서 '00동 68반 아파트'라고 이름을 짓는 것이다. 그런데 부르기도, 외우기도 어려우니 사람들끼리 아파트에 별칭을 붙인다. 예를 들어 배급소 앞에 있으면 '배급소 아파트'라고 부르고, 세대 수가 많으면 '천세대 아파트'라고 부르는 식이다. 우리 동네에도 높은 아파트가 딱 하나 있었는데 거기는 이름이 '7층 아파트'였다.

서울에는 아파트마다 이름이 다 적혀 있었다. 그게 볼 때마다 신기해서 버스를 타고 가면서 '보람 아파트, 현대 아파트, 주공 아파트……' 이렇게 중얼거리곤 했다. 심지어 빌딩 같은 곳에도 이름이 붙어 있었는데 볼 때마다 궁금했다. 그날도 버스를 타고 가다가 옆에 앉은 분한테 다짜고짜 "저기는 왜 귀뚜라미예요?" 하고 물었다. 버스를 타고 가던 선량한 서울 시민은 황당하다는 표정으로 "그냥 건물 이름이에요"라고 했다. 얼마나 당황스러우셨을까. 혹시라도 그날 일을 기억하신다면 놀라시게 해서 죄송하다고 사과드리고 싶다. 건설회사마다 아파트 브랜드가 다르다는 것, 보통 회사 이름이나 빌딩 이름을 건물 외벽에 붙여둔다는 것을 살면서 자연스럽게 알게 됐지만 새로 생긴 아파트 이름들은 언제봐도 길고 어렵다.

먹고사는 자격증

자격증을 손에 쥐기까지 1년 이상 걸린다. 실제로 직업적으로 이 일을 할 사람만 자격증 준비를 할 수 있다. 급수가 다양한데 제일 높은 급수는 운전도 하고 직접 차도 고칠 수 있어야 이 자격증을 얻을 수 있다. 이것은 무슨 자격증일까? 바로 북한의 운전면허증 얘기다. 직업 선택의 자유도, 이직의 자유도 없는 북한. 나라에서 정해주는 대로 일을 해야 하는데, 자격증이 필요한 직업의 경우 1년이 걸리든 2년이 걸리든 해당 자격증을 따야 직업 활동을 계속할 수 있고, 자격증에 따라 월급도 차등 지급한다. 심지어 나는 북한에서 성악을 했는데도 2년마다 시험을 봐서 급수를 받고, 그 급수에 따라 월급을 받았다. 탈북민 지인 중에 은희 씨의 어머니가 실제로 북한에서 운전면허증을 받고 운전 일을 하셨다고 했다. 북한은 면허시험의 운전 코스도 다양해서 전시 상황을 체험하듯 물에 잠긴 도로를 건너기도 한다고. 북에서 온 나도 은희 씨에게 이야기를 듣는 내내 입이 다물어지지 않을 정도였다. 운전면허학원에서 정해진 코스로 연습 몇 번 하고 면허증을 받는 것과는 차원이 달랐다. 북한은 자동차 정비소가 따로 없는데 한국에는 동네마다 차 고치는 곳이 있어서 놀랐다.

탈북민들은 한국에 오는 순간 여기에서 무슨 일을 하며 먹고살아야 할지 막막함을 느낀다. 나 역시도 그랬고. 하나원에서 기본적으로 필요한 교육을 받지만 실제로 이력서라도 한 줄 쓰려면 제일 만만한 게 자격증이라 나도 컴퓨터 학원 자격증반에 다니면서 컴퓨터활용능력 자격증을 땄다. 엑셀, 파워포인트 같은 것을 배웠는데 아마 탈북민들도 대부분 이 자격증을 가지고 있을 것이다. 자격증이 있으면 나이에 상관없이 그 일을 계속할 수 있다는 게 매력적이다. 한때 공인중개사 바람이 불어 나도 공부를 한 적이 있다. 북한에서는 우리 엄마 같은 인민반 장들이 동네에서 빈집이 있으면 소개해주면서 공인중개 사 역할을 하는데 한국은 자격증도 있어야 하고 직접 공부해보니 법에 대한 용어들이 여간 어려운 게 아니었다.

결국 두 번 떨어진 뒤 그만뒀다.

　　취미로 자격증을 따는 사람도 많겠지만 보통 탈북민들은 미용이나 네일아트, 간호조무사, 요양보호사 등 취업을 위해 자격증을 딴다. 언젠가 오빠가 일하는 현장에 가본 적이 있다. 우리 가족을 모두 한국에서 살게 해준 장본인인 나의 친오빠는 한국에 와서 다양한 일을 하다가 지금은 실내건축기사 자격증을 따서 인테리어 일을 하고 있다. 오빠는 북한에서 하던 일과는 전혀 다른 일을 배워서 직업으로 삼고 있다. 일이 재미있냐고 물으면 그냥 먹고살려고 하는 거지, 하고 힘들지 않냐고 물으면 다들 이렇게 사는데 뭐……. 한다. 그래, 그게 정답이다. '선택의 자유'라는 말 속에는 오롯이 '자기 자신'만 남는다. 그게 참 행복하면서도 한편으로 무겁기도 하다.

" 점과 굿

"

북한 사람들도 점을 본다. 몰래 본다. 한국처럼 철학관이
나 사주풀이, 또는 신내림을 받았다거나 하면서 간판 내
걸고 영업하지는 않는다. 속이 답답한 사람들이 알음알
음 소개로 찾아간다. 전국을 돌아다니면서 점 봐주는 사
람도 있는데 내가 어릴 때 엄마도 그런 이에게 점을 본
적이 있다고 한다. 동네 사람들이 열 명쯤 둘러앉아서 공
개적으로 봐주는 통에 어느 집에 무슨 고민이 있는지 다
이야기를 들을 수밖에 없었다니 이 무슨 시트콤 같은 일
인지. 아무튼 그때 점쟁이가 나에 대해서 크게 될 아이
다, 넓은 데 가서 살 거라고 했단다. 당시 이미 나는 노래
를 하고 있을 때라 서희는 앞으로 평양에서 살겠구나~
하고 대수롭지 않게 생각했다고.

　시간이 흘러, 엄마는 우리 가족의 탈북 프로젝트를

앞두고 불안한 마음에 또 점을 보러 가셨다. 한국으로 간다고 대놓고 말할 수는 없어 멀리 갈 일이 있다고, 괜찮을지 물어봤더니 그이가 눈치를 채더란다. 엄마가 눈을 찡긋하며 돈을 더 쥐여주면서 무사히 갈 수 있겠느냐고 물었더니 "10월 어느 날에 출발하면 내년 봄에 거기 도착하겠네" 했단다. 무사히 살아서 도착할 수는 있겠구나 하는 안도감은 잠시, 점쟁이의 말을 듣고 엄마는 갸웃거릴 수밖에 없었다. 가을에 북한을 떠나는데 내년 봄에 도착한다니, 얼마나 돌고 돌아서 간다는 말인가?

실제로 우리 가족은 10월 중순에 북한을 떠나 중국을 거쳐 몽골에서 몇 달 생고생을 하다 이듬해 봄에 한국으로 들어왔다. 우연의 일치인지 아니면 정말 어떤 미래가 보였는지는 몰라도 엄마와 나는 가끔 그 점쟁이가 용하다며 얘기하곤 한다. 점 같은 것을 아예 믿지 않는 다른 가족들은 펄쩍 뛰지만 결과적으로 참 신기하기는 했다. 아빠는 그래도 믿지 않으셨다.

한국에 와서 나도 직접 점을 본 적이 있다. 들어온 지 얼마 지나지 않아 막막하기도 해서 소개받은 곳에 가봤더니 대뜸 부모님이 이혼을 해야, 안 그러면 둘 중에 한 명이 죽을 운명이라는 거다. 그걸 막고 싶으면 500만원을 내고 굿을 하라고 했다. 갑작스러운 이야기에 놀라 일단 가족들과 상의해보겠다며 나왔다. 내 얘기를 들은 오빠는 500만 원이라는 큰돈은 만져보지도 못했는데, 있으면 먹고 죽겠다며 그런 말은 아예 믿지도 말라고 했다. 우리는 북한에서 가지고 나온 재산을 탈북 과정에서 다 빼앗기고 오히려 한국에서 돈을 버는 족족 브로커에게 보내줘야 할 상황이었던 거다. 10년 하고도 훌쩍 지난 지금까지도 다행히 부모님은 건강하게 지내고 계신다. 그 일 이후로는 점을 보기가 꺼려져서 아예 볼 생각을 안 하고 산다. 나쁜 이야기를 들으면 계속 신경이 쓰이고 머릿속에 맴돌아서 더 안 좋은 영향을 끼치는 것 같다. 모르는 게 약이라는 말도 있듯이.

김장의 추억

엄마는 한국에 오니 모든 게 풍부해서 좋다며 김장을 할 때 특히 정말 신나하셨다. 한국의 김장은 배추김치를 거의 메인으로 생각하는데 북한에서 말하는 김장은 배추 못지않게 무의 비중도 크다. 김장이라고 하면 배추김치와 깍두기, 동치미 등이 다 포함된다. 거기다 잘사는 집은 김장을 하면서 명태식해나 가자미식해도 만든다.

　1년 내내 김치를 먹고 살아야 하기 때문에 북한은 그만큼 김장이 중요한 연례행사다. 한국은 요즘 절임 배추를 사서 하루 만에 뚝딱 김장을 끝내기도 하는 반면 북한은 며칠씩 걸린다. 보통 한집에서 500kg 이상을 하기도 하고, 식구가 많으면 1톤을 담그기도 한다. 배추를 씻고, 절이고, 무를 썰다보면 양이 워낙 많아서 며칠씩 걸리는 거다. 품앗이로 집집마다 돌아가며 김장을 도와준다. 한국처럼 김장하는 날 고기를 삶아 김치와 먹는 부잣집도 있는데, 일반 가정에서는 밥과 그날 만든 김치를 같이 먹는다. 동네의 모든 김장이 다 끝나면 각자 자기 집의 김치를 가지고 와서 나눠 먹어보는 '추렴'이라고 부르는 문화도 있다. 추렴하는 날에는 감자라도 삶아놓고 김치를 쭉쭉 찢어서 먹어보며 어느 집 김치가 더 빨갛고, 맛있는지 두런두런 이야기를 나눈다. 빨갛고 맛있는 김치는 부러움을 한 몸에 받는다.

사람들이 빨간 김치를 부러워하는 이유는 고춧가루가 비싸기 때문이다. 김장이 북한 전체의 행사인 만큼 가을이면 고춧가루값이 뛴다. 부잣집일수록 김치의 색이 빨갛고, 각종 해산물이나 젓갈도 넣는 반면 가난한 사람들은 고춧가루를 조금 넣어 색이 연하거나 그냥 백김치만 담그기도 한다. 탈북민들이 한국에 와서 빨간 김치를 식당마다 넉넉하게 주는 것을 보고 다들 놀라는 이유가 바로 그것 때문이다. 재료가 부실한 와중에도 정말 '손맛'으로 시원한 맛을 내서 먹으니 북한 사람들도 대단하긴 하다.

김장을 하기 위해서 북한 사람들은 산이나 들, 밭이나 심을 수 있는 땅이라는 땅에는 무조건 배추나 무를 다

심는다. 직장에서도 밭을 배정받아서 배추를 심기도 한다. 그런데 북한 배추는 한국의 배추처럼 크고 잎이 꽉꽉 차서 무겁거나 하지 않고 크기가 작고 잎도 부실하다. 가끔 북한에서 홍보용으로 보여주는 김장 사진과 북한 주민들의 현실 세계는 정말 다르다. 지역에 따라 양배추나 양파를 많이 재배하는 곳에서는 양배추김치, 양파김치를 담가 오래 보관해두고 먹는다. 싱싱한 채소가 있어도 오래 보관할 수가 없다보니 북한은 대부분 야채를 소금에 절여서 1년 내내 먹는 것이다. 무도 소금물에 절여 염장무로 만들면 몇 년 동안 상하지 않는다. 뉴스에서 북한의 안타까운 식량난을 말할 때 어김없이 등장하는 그 염장무 말이다.

　그 많은 김치를 어떻게 보관하는지 궁금할 것이다. 내가 어릴 때 살던 동네에서는 김치를 항아리에 담아 집집마다 '김치움'이라고 부르는 땅속에 보관했다. 주택이 아닌 아파트에 사는 사람들도 1층에 창고라고 부르는 공간이 따로 있어 땅을 파서 항아리를 보관했다. 엄마들이 그 무거운 항아리를 씻고, 소독하는 것도 연례행사였다. 냉장고가 별로 없기도 하고 전기 사정이 안 좋으니 북한에서는 김치움이 냉장고 역할을 한다. 김치가 주식(主食)이나 다름없는 북한에는 김장 도둑도 있다. 보통 김치움을 판자로 덮어두는데 부수고 들어가 김치를 훔쳐가는 것이다. 그런데 우리 동네의 김장 도둑은 범인이 금방 잡히기도 했다. 땅에 떨어진 김칫국물을 따라 걸어가서 범인을 잡은 거다. 어느 집 김치가 맛있다고 소문이 나면 그런 웃지 못할 일도 벌어진다. 그 김장 도둑 사건 이후에는 창고에 철문을 다는 집들이 생겨났다. 땅을 파기 힘든 평양에서는 김장을 시골처럼 많이 할 수가 없다. 항아리에 김치를 담아 아파트 베란다에 두고 스티로폼과 이불로 꽁꽁 싸둔다.

탈북 초기에 우리집에서도 김장을 했다. 첫째는 어디에 김치를 보관할지, 둘째는 얼마나 김장을 할지가 고민이었다. 먼저 탈북한 분들이 김치냉장고라는 것이 있는데 정말 좋다고 추천해주셨다. 처음에 엄마는 '그걸 어떻게 믿고 김치를 다 넣어둔다는 말이야, 베란다에 김치를 놔둘까? 플라스틱 통에 김치를 보관해도 맛이 있을까?' 고민한 끝에 중고로 김치냉장고를 샀다.

다음은 김장을 얼마나 할지 고민했다. 다른 집들이 김장하는 것을 보니 무슨 소꿉장난하는 수준으로 보였다. 엄마와 나는 뭣 모르고 북한에서처럼 김장을 엄청 많이 해서 김치냉장고를 100퍼센트 김치로만 가득 채웠다. 부모님이 정말 김치를 좋아하심에도 불구하고 나중에는 김치가 남아돌아서 처치 곤란이었다는 이야기다. 그만큼 한국에는 이런저런 먹을 것이 다양하다는 것이 확실히 실감 났다. 생으로 먹고, 볶아 먹고, 순대나 만두를 만들어 먹고, 빵 속에도 넣어 먹고, 씻어서 먹고, 남은 김칫국물에 면을 넣어 먹기까지 했던 북한과 달리 한국은 음식물쓰레기통에서 버려진 김치를 어렵지 않게 볼 수 있다. 탈북민들은 그런 것을 볼 때마다 '아유, 저렇게 아까운 걸' 하면서 자기도 모르게 발을 동동거리게 된다.

요즘 나도 김장을 한다. 레시피를 따라 육수를 만들어 붓고, 싱싱한 재료들을 잔뜩 넣어 김장을 하니 김치가 정말 맛있다. 맛이 없을 수가 없다. 1년 내내 언제든 자기가 먹고 싶은 스타일의 김치를 따라 만들 수 있으니 신기하고 재미있다. 사람들이 내가 만든 김치를 맛있게 먹어줄 때 보람차기도 하고.

평양 평양냉면 vs
서울 평양냉면

앞서 맛집에서 줄 서는 문화를 이해하기 어렵다고 했지만 나도 지금은 식당에서 줄을 선다. 대표적으로 평양냉면을 먹을 때는 줄을 설 수밖에 없다. 내가 좋아하는 평양냉면집은 예약을 안 받아서 줄을 서야만 먹을 수 있다. 한국에 와서 평양냉면에 대한 질문을 정말 많이 받았다. 평양에서 먹는 평양냉면과 서울에서 먹는 평양냉면이 진짜 비슷한지, 어디가 더 맛있는지 등 한국 사람들이 이렇게 냉면에 관심이 많고 냉면에 진심인 줄 처음에는 몰랐다. 서울에서 평양냉면을 팔고 있다는 사실조차 까맣게 몰랐으니까. 서울에 산 지 몇 년 지난 어느 날, 녹화가 끝난 뒤 탈북민 지인이 평양냉면을 먹으러 가자고 했다. 서울에서 평양냉면을 먹을 수 있다는 말에 놀라움 반, 호기심 반으로 따라간 곳이 바로 그 식당이었다. 알고 보니 탈북민들 사이에서 북한의 평양냉면과 맛이 가장 비슷하다는 평가를 받는 곳이었다.

결론부터 말하면 평양과 서울의 냉면은 모양도 맛도 비슷하면서도 조금 다르다. 재료 수급 상황 자체가 달라서 그런지 육수든 면이든 색깔도 맛도 다르다. 내가 알기로 북한은 보통 닭 육수를 쓰고, 면의 색깔도 북한이 좀 더 까맣다. 면발의 식감 자체도 다르지만 국물맛은 조금 비슷한 것 같다. 평양에서도 평양면옥이나 청류관, 옥류관 등 냉면집에 줄을 선다. 북한에서는 평양 주민들에게 냉면 배급표를 나눠준다. 배급표를 거래하기도 할 정도로 인기가 많다.

평양냉면을 무슨 맛으로 먹느냐는 말을 나도 들어봤다. 그런데 처음에 맛이 밍밍하다고 투덜거렸던 지인들도 점점 평양냉면에 빠져드는 모습을 여럿 지켜봤다. 묘한 그 감칠맛에 빠져든 것이다. 나는 면요리 자체를 그리 좋아하는 편은 아니지만 그래도 평양냉면은 좋아한다.

평양의 평양면옥에는 면, 고기, 육수가 따로 나오는 고기쟁반국수라는 메뉴가 있다. 지금도 가끔 생각이 난다. 서울의 평양냉면집에서 먹는 고기가 훨씬 질이 좋고 부드럽기는 하다. 서울에 살고 있는 내가 지금 평양에 가서 고기쟁반국수를 먹는다면 어떻게 느낄지 가끔 궁금하다. 북한에서는 그 음식이 최고였지만 20년 가까이 흐른 지금도 그럴까? 내 입맛이 달라져서 지금 먹으면 별로라고 느낄지도 모르겠다.

서울의 여러 평양냉면 가게를 두루 다 가봤는데 서울은 음식맛이 상향 평준화되어서 그런지 대체로 다 맛있었다. 간혹 평양냉면 본래의 맛과는 거리가 좀 느껴지는 곳도 있었는데 차마 사장님께 솔직하게 말씀은 드리지 못하고 나온 적이 있다. 언젠가 통일이 되면 평양의 진짜 평양냉면집에 얼마나 줄이 길지 상상해보니 웃음이 나온다.

회사 다닐 때 직원들이 추천해서 함흥냉면도 먹어봤다. 북한에서 직접 먹은 함흥냉면은 면발이 한국보다 조금 더 굵고 정말 질겼다. 북한은 가위로 면을 잘라서 먹을 줄을 몰라서 질긴 것을 힘들게 이로 끊어서 먹는다. 양념장으로 비벼서 먹는 건 평양이나 서울이나 비슷하다. 서울의 함흥냉면 맛집들도 일부러 찾아가서 먹어봤는데 대부분 다 맛있었다.

먹는 얘기가 나와서 말이지. 정말 한국은 북한 지역의 맛집을 찾아가지 않아도, 서울이든 어느 지역에서든

최고의 맛집을 앉아서 배달시켜 먹을 수 있다. 마냥 신기
하기도 하고 좋기도 하다.

" 살 까기 전쟁

"

북한에는 다이어트라는 말이 없고, 살 빼는 것을 '살 까기'라고 부른다. 나라마다 미(美)의 기준은 다르겠지만 북한에서는 여자 영화배우도 살찌는 보약을 먹을 정도로 깡마른 사람을 예쁘다거나 아름답고 보지 않는다. 얼굴이 작아도 흉이고, 북한의 아나운서들도 보름달같이 얼굴이 둥글고 살이 쪄야만 훤해 보이고 화면이 꽉 차보인다며 인정을 받았다. 주요 간부들도 주로 살이 쪘다. 북한에서 배가 좀 나오고 풍채가 좋은 것은 부와 권력의 상징이다. 그래서 탈북민들이 통통한 한국 사람에게 '김정일 같습니다, 김일성 같아요, 얼굴에 기름기가 많은 게 간부같이 보입니다'라고 했다가 한국 사람들이 화를 내는 바람에 당황했다는 이야기도 들은 적이 있다. 친정엄마도 북한의 기준만 생각하고 서울에서 만난 사람들한테 '얼굴이 보름달 같아서 너무 좋겠다, 얼굴이 커서 좋겠다, 예쁘다'라고 칭찬했다가 오해를 받은 경우가 정말 많았다.

북한 기준으로 살이 쪘다는 말은 조금 통통하고 둥글둥글한, 그늘지거나 굴곡이 없는 얼굴을 뜻한다. 부유해 보인다는 좋은 말이다. 오죽하면 어느 유명한 북한 여자 아나운서는 스펀지를 양 볼에 물고 방송을 한다는 말까지 들었다. 스펀지를 입에 물고 발음하기 얼마나 어려울까? 우리는 상상조차 하기 힘들다. 그 아나운서도 그렇게 하라고 하니 어쩔 수 없이 하겠지만 그렇게까지 해야 하나 싶다.

한국에 와보니 TV를 켜도 다이어트 이야기가 많이 나오고, 약국이나 병원 등 곳곳에 다이어트라는 글자가 적혀 있었다. 살 빠지는 약까지 먹는다고 해서 처음에는 너무 이해가 안 됐다. '8kg 못 빼면 전액 환불' 이런 광고 문구를 보면 여기가 한국이라는 게 뼛속까지 실감 난다.

2000년대가 넘어가면서 내가 일하던 협주단에서도 살 까기에 다들 관심을 갖기 시작했다. 팀으로 활동하다 보니 누군가 살이 좀 찌면 협주단 단장님이 "너 살 까기 좀 해야 되겠다" 하셨다. 언니들 중 몇몇은 살을 빼기 위해 이뇨제를 먹기도 했다. 요즘 한국 드라마가 점점 더 북한 주민들에게 퍼지면서 북한의 미의 기준도 점차 한국 스타일로 달라지고 있다는 말을 들었다. 그야말로 소리 없는 한류 열풍으로 이렇게 한국의 문화가 북쪽으로 조용히 전파되고 있는 느낌이다.

나는 원래 좀 마른 편이어서 한국에 와서도 살 까기에 별로 신경쓸 일이 없었는데 결혼과 출산 후에 종종 야식을 먹다보니 살이 조금씩 찌기 시작했다. 아차 싶어서 바로 식단 조절을 하고, 필라테스와 헬스 등 운동으로 다이어트를 했고, 지금도 계속 운동을 하고 있다. 정착 초기에 '돈 주고 먹었으면서, 돈 주고 다시 살을 빼는' 한국 사람들이 이해되지 않는다며 말하고 다닌 내가 지금 딱 그렇게 하고 있다. 북한은 먹을 것이 없어서 먹기가 힘들고, 한국은 맛있는 먹거리가 넘쳐나서 굶기가 힘들다.

보물창고

부모님의 텅 빈 임대주택을 보니 언제 돈을 벌어 여기를 하나씩 다 채우나 하는 생각에 한숨부터 나왔다. 하다못해 거울, 소파 등 기본적인 가구부터 필요한데 무엇을 먼저 어떻게 구해야 할지 막막했다.

'에이, 천천히 하지 뭐, 굶지만 않아도 그게 어디야?'

그렇게 긍정적으로 생각하려고 애썼다.

그러던 어느 날, 쓰레기를 버리러 나간 아빠가 얼굴에 화색을 띠며 들떠서 들어오셨다.

"이야~~ 저기 밖에 나가니까 보물들이 많다야~"

"무슨 소리예요?"

엄마가 물었다.

"야, 다들 빨리 나오라~"

우리는 영문도 모른 채 재촉하는 아빠를 따라 밖으

로 나갔다.

그런데 우리 가족들의 눈이 휘둥그레졌다.

세상에, 우리에게 딱 필요했던 이불장과 소파, 거울뿐만 아니라 깨끗하고 쓸 만한 가전제품들이 분리수거장에 놓여 있었다. 다 버리는 것들이란다.

"이거 혹시 죽은 사람 쓰던 거라서 버리는 거예요?"

무슨 사연이 있는 물건은 아닌가 해서 경비 아저씨께 여쭤보았다.

"말투가 이상한 걸 보니 탈북민이죠?"

경비 아저씨가 우리에게 친절하게 설명해주셨다. 고장난 것도 아니고, 조금 유행이 지나서 또는 이사가면서 필요 없는 물건들을 버리는 것이란다. 옷만 유행이 있는 것이 아니었다. 가구와 가전제품도 쉴새없이 새롭게 업그레이드되는 한국에서는 고장이 안 나도 유행 때문에 물건을 바꾼다니…….

우리 가족은 횡재했다는 기쁨에 힘든 줄도 모르고 온 가족이 힘을 합쳐 가구와 가전제품들을 다 집으로 가지고 와 깨끗이 닦았다. 그리고 이 보물들을 버린 주인들에게 감사했다. 다음 날부터 우리 아빠는 하루에도 몇 번씩 분리수거장에 출근 도장을 찍으며 좋은 물건이 있나

하고 순찰을 나가셨다. 어느 날 집에 오면 못 보던 선풍기가 있고, 전자레인지도 생기고, 어떤 날은 심지어 카메라까지 주워 오셔서 깨끗이 닦고 계셨다.

아빠는 쓸 만한 물건을 이렇게 버리면 필요한 사람이 갖다 쓰면 되는 거라고 하면서 감사한 마음으로 가져오셨다. 심지어 우리 아이들은 외할아버지가 주워 오신 킥보드며 장난감까지 가지고 놀게 되었다. 남이 쓰다 버린 거라고 하면 안 좋게 생각할 수도 있겠지만 모든 물건이 귀한 북한에서 살다 온 우리에게는 그저 쓸 수 있는 물건 하나하나가 감사할 따름이었다.

요즘은 중고거래 어플로 무료 나눔을 하는 경우가 많다. 나도 안 쓰는 물건은 중고로 팔거나 무료 나눔을 하곤 한다. 그럴 때마다 우리가 한국에 처음 왔을 때 분리수거장에서 무료로 가지고 왔던 물건들이 생각난다. 우리뿐 아니라 다른 탈북민들도 한국에 처음 왔을 때 분리수거장을 나가 보고 놀랐다고들 한다. 그야말로 보물창고가 따로 없다.

❝
실수해도 괜찮아

❞

어려서부터 공연을 많이 해서 나는 무대 공포증 같은 것
은 없을 거라고 생각하는 분들이 많다. 반은 맞고 반은
틀렸다. 무대 경험이 많다보니 사람들 앞에 나서는 게 크
게 어렵지는 않지만 북한의 '무대'란 작은 실수조차도
용납하지 않고 '완벽함' 그 자체를 요구하는 곳이기 때
문에 어릴 때 나는 스트레스를 많이 받았다. 예를 들어
진행자(MC) 역할을 맡으면 정말 글자 하나도 틀리면 안
되기 때문에 긴장을 엄청 한다. 높은음의 소리를 내면서
또랑또랑한 목소리와 정확한 발음으로 완벽하게 줄줄
읊으려면 연습을 얼마나 많이 해야 하는지 모른다. 실제
상황에서는 고도의 집중력을 발휘하여 겨우 끝내고 나
면 다리에 힘이 탁 풀어질 지경이었다. 커서도 마찬가지
였다. 노래를 해도 가사나 몸동작 하나까지도 완벽하게

일치해야 하고, 틀리면 무지하게 혼났다. 성악을 한다고 해서 예술을 한다는 생각보다는 기계적인 연습으로 완벽한 무대를 보여주는 것이 목표일 뿐이었다. 그래서 앞에서도 얘기했듯이 평생 노래를 했지만 온전히 노래를 느끼고 즐기지는 못했다는 마음이 드는 것이다.

한국은 아이들이 무대에서 실수하면 더 귀엽게 봐주고, 박수 치면서 격려해주는 사회적인 분위기가 있어서 좋다. 넘어지면 일어나면 되고, 완벽하지 않아도, 실수해도 괜찮다고 말해주는 어른들이 많은 세상, 나도 그런 어른이 될 수 있을까? 나부터도 매일 실수투성이 남한살이를 버티고 때로 즐기면서 하루하루 살아가고 있으니 나부터 먼저 안아주어야겠다. 목숨 걸고 찾아온 자유로운 이 나라에서 행복하게 살아보자고, 실수 좀 하면 어떠냐고 말이다.

날마다, 남한살이

초판 1쇄 인쇄 2024년 7월 5일
초판 1쇄 발행 2024년 7월 15일

지은이 한서희

기획 허진호 | 책임편집 주순진 | 편집 이희연 정소리
마케팅 김선진 김다정 | 디자인 윤종윤 이주영 | 모니터 이원주
브랜딩 함유지 함근아 고보미 박민재 김희숙 박다솔 조다현 정승민 배진성
저작권 박지영 형소진 최은진 서연주 오서영
제작 강신은 김동욱 이순호 | 제작처 천광인쇄사

펴낸곳 (주)교유당 | 펴낸이 신정민
출판등록 2019년 5월 24일 제406-2019-000052호

주소 10881 경기도 파주시 회동길 210
전화 031.955.8891(마케팅) | 031.955.2692(편집) | 031.955.8855(팩스)
전자우편 gyoyudang@munhak.com

인스타그램 @thinkgoods | 트위터 @think_paper | 페이스북 @thinkgoods

ISBN 979-11-93710-42-5 03810

* 싱긋은 (주)교유당의 교양 브랜드입니다.